Les tribulations d'une malentendante

© Éditions Renaissens
Collection : LES MOTS DU SILENCE
ISSN : 2728-1876

www.renaissens-editions.fr

Les éditions Renaissens publient les écrits d'auteurs aveugles, malvoyants, sourds et de toute personne souffrant d'un handicap.

Véronique Gautier

Les tribulations d'une malentendante

roman autobiographique

« *Si tu diffères de moi, mon frère,
loin de me léser, tu m'enrichis.* »

Antoine de Saint-Exupéry

Elle

« Il faut qu'elle se mette devant ». Sa différence l'a obligée à cette contrainte dès son entrée au CP : se mettre devant, face à la maîtresse, au professeur plus tard, à la vue de tous. Plus tard... le collège, le lycée... la pire période.

Passer toujours pour l'élève modèle, celle qui écoute bien, qui écrit soigneusement ses cours, celle qui est concentrée : le rêve de l'enseignant ! Le spécimen rare comme on n'en trouve qu'un par classe ! L'extraterrestre : c'était elle. Celle qui ne se réfugie pas au fond de la classe avec les rigolos de service, avec les copines qui vivent leurs seize ans. La fille qui ne se lie pas avec les rebelles, avec les élèves qui bavardent et qui désobéissent : c'était encore elle.

Pourtant, elle admirait et enviait ces ados qui aguichaient les garçons, qui parlaient musique, groupes à la mode qui donnent envie de refaire le monde, qui s'habillaient « cool » avec de grands pulls difformes et des jeans troués, qui mâchaient des chewing-gums et portaient des bracelets de cheville. Non ! Toute cette période adolescente à braver les règles, à affirmer sa personnalité, à s'opposer aux parents et au monde des adultes, à se découvrir soi-même, tous ces moments qui permettent de se construire et d'alimenter la mémoire lui étaient interdits.

« Il faut qu'elle se mette devant ». *Celle* qui s'est imposée lui rappelait cette injonction chaque jour, comme un fardeau. À cause de *celle* dont l'intrusion était permanente, Jessica affichait une image de sérieuse, de première de la classe, de raisonnable qui lui collait à la peau.

Elle aurait voulu envoyer balader ce carcan, se dévergonder, arriver en retard ou faire l'école buissonnière, déambuler sans but avec un groupe d'amis avant de rentrer chez elle, se maquiller, s'épiler, choisir ses vêtements, tous plus fantaisistes les uns que les autres, embrasser les garçons et rendre jalouses les filles.

Mais voilà : elle n'était pas et n'est toujours pas comme les autres. Elle est affublée, depuis son plus jeune âge, de cette spécificité qui ne la lâchera jamais. Cette différence fait partie intégrante d'elle, contribuant à forger son caractère. Considérée comme un facteur négatif censé la diminuer par rapport aux autres personnes *normales*, cette compagne de chaque instant, tyrannique à ses heures, et dont elle ne peut se séparer, va finalement l'inciter à développer des qualités que ses comparses ne possèdent pas. Naturellement, Jessica a depuis toujours adopté des stratégies efficaces pour compenser le manque que crée cette particularité.

Cependant, cette adaptation ne lui laisse pas un moment de répit : elle regarde le professeur parler en se concentrant sur ses dires, en devinant, grâce aux mouvements qu'il exécute, les mots qui sont prononcés. Si la personne articule bien, bouge ses lèvres, ouvre la bouche, c'est du gâteau ; mais si par malchance l'enseignant ne remue que très peu les lèvres, s'il porte une barbe ou, pire, s'il ne desserre pas les dents, c'est la galère !

Lorsque le professeur écrit au tableau tout en parlant, impossible pour Jessica de comprendre un strict mot : la voix se cogne contre le tableau et les lèvres sont invisibles ! S'il ne s'agit que de la répétition orale des phrases écrites, c'est un moindre mal, mais si le jeu consiste à expliquer la leçon que les élèves sont en train de recopier, alors là, non seulement Jessica devra se débrouiller sans ces fameuses explications, mais il est probable que la majorité de ses camarades, absorbés par l'exercice de copie, n'aient sans doute rien capté non plus, et ne puissent la renseigner.

Les discours lui sont à peu près compréhensibles grâce à son acuité visuelle. Malgré tout, elle ne perçoit pas l'intégralité du message. Elle se sert alors en second lieu de sa rapidité cérébrale pour, en quelques secondes, reconstituer la phrase émise, devinant et intercalant les mots manquants entre ceux qu'elle a correctement entendus. Enfin, si tout ce stratagème ne suffit pas, elle a recours encore une fois à sa vue si précieuse, bien plus affûtée que la moyenne, et jette un œil sur le cahier de sa voisine de classe. Elle essaie toujours de trouver une camarade consentante aux côtés de qui s'installer. Ensuite, il lui reste à combler les trous de son propre texte pour obtenir enfin le cours dans sa totalité.

Quelle gymnastique d'esprit ! Quelle fatigue engendrée ! Ses yeux ne cessent de se balader, dans un va-et-vient permanent, du professeur à son cahier puis à celui de sa voisine en revenant au sien. Son cerveau est en alerte perpétuelle pour passer de la parole entendue à la phrase entière reconstituée, créant un décalage de quelques secondes pendant lesquelles le discours a continué. Elle doit constamment assurer deux ou trois activités simultanées : regarder les lèvres, écouter, deviner le contenu tout en continuant à écouter les paroles qui défilent. Ensuite, compléter les phrases grâce à la page voisine, le tout en tendant l'oreille afin de ne pas perdre le fil du propos qui avance : ouf !

Écouter, écrire, lire et comprendre en même temps ! Un rythme infernal à tenir sur du long terme ! Épuisant ! Combien, dans son entourage, comprennent sa vigilance de tous les instants, la sollicitation permanente des sens qui viennent au secours de celui qui lui manque, de l'attention soutenue qu'elle doit fournir ?

Parfois, son cerveau crie grâce et demande un peu de repos. Elle se coupe alors du monde et entre dans sa bulle intérieure. Ses oreilles sont fermées à ce qui l'entoure, comme bouchées, n'entendant plus qu'un vague brouhaha lointain. Son corps est présent, elle continue à observer, mais son esprit n'est plus là… Il s'est mis en mode *anesthésié*. La vie n'est alors qu'un défilé d'images qui dansent devant elle. Dans cet état-là, elle essuie parfois des remarques désobligeantes : « Jessica, arrête de rêvasser ! », « Jessica, tu n'es pas concentrée ! », « Jessica, as-tu écouté ce que je viens de dire ? ».

Non, elle ne rêvasse pas ! Oui, elle est déconnectée ! Oui, elle n'écoute plus parce qu'elle n'y arrive plus ! Elle n'est pas ailleurs, elle a juste décroché un court instant pour reprendre des forces et soulager ses neurones qui disjonctent !

Qui peut comprendre le harcèlement de *celle* qui lui impose ces tourments ? Qui peut imaginer les efforts monumentaux qu'*elle* lui inflige pour être à peu près comme les autres ? Qui a seulement une infime idée de la vie quotidienne de cette adolescente pas comme les autres ? Oh ! Comme elle voudrait recevoir un peu plus d'empathie de la part de son entourage et être aidée ! Elle se donne assez de mal pour réussir. Alors au moins, qu'on lui fiche la paix avec ces réflexions à la noix qu'elle subit régulièrement et qu'on compatisse un tout petit peu !

Jessica pourrait en vouloir à la terre entière et surtout à cette partie d'elle qui ne fonctionne pas correctement : pourtant, ce n'est pas le cas. Elle en a fait son alliée et va en tirer profit, devenant ainsi une personne résiliente. Grâce à *elle*, sa capacité d'attention est devenue hors norme, sa vision exceptionnelle et sa rapidité d'esprit impressionnante.

Alors finalement, même si elle a un manque, Jessica considère qu'elle possède un petit quelque chose de plus que les autres : *elle*, la surdité…

Tout a commencé par une naissance à l'envers : les fesses d'abord ! Jessica n'avait sûrement pas très envie de sortir pour ne pas se retourner et pour ne pas se présenter tête baissée, fonçant vers l'air libre, comme presque tous les êtres humains. Peut-être pressentait-elle déjà quelle serait sa destinée au-dehors ? Peut-être sentait-elle le lot de difficultés, de souffrances et d'épreuves qu'elle aurait à surmonter ? Toujours est-il qu'elle est venue au monde par le siège. La sphère ORL, longtemps enfermée, a sans doute absorbé quelques microbes au passage qui n'ont pas manqué de lui empoisonner ses premiers jours de vie.

À un mois, elle a une double otite : quand on sait la douleur atroce que peut provoquer cette infection, on imagine aisément l'effet produit sur un bébé de cet âge… Supposée être soignée par quelques cuillères de sirop, Jessica poursuit sa route, à peine commencée, n'entendant pas le monde extérieur, bien obligée de cohabiter avec cette maladie qui ronge son oreille interne. Elle est confrontée brutalement à la dureté, à la lutte, au mal. Sa toute première expérience de la vie est empreinte de rudesse et la pousse à résister… ou mourir. Un choix à effectuer, même inconsciemment, à un âge où devraient régner l'insouciance, la douceur, la tendresse et l'attention. La découverte de ce qu'est une émotion passe davantage, pour elle, par les pleurs que par le rire. Ces nuits à crier pour extérioriser la destruction lente et cruelle de ses pauvres cellules ciliées se graveront dans son système limbique telles des marques indélébiles. Les nuits blanches la poursuivront longtemps, très longtemps après sa prime enfance, et même jusqu'à un âge adulte avancé.

Toujours est-il que le fameux sirop n'ayant eu aucun effet bénéfique sur l'infection galopante, Jessica passera sur la table d'opération à seulement quatre mois pour une double mastoïdite. On lui incisera l'arrière des oreilles afin d'écouler le pus qui se développe et s'approche dangereusement des méninges. Née à une époque où les avancées de la médecine n'étaient pas ce qu'elles sont aujourd'hui, et suite à un refus parental, bien compréhensible, de lui envoyer des rayons dans la tête, une deuxième double mastoïdite lui sera infligée à ses huit mois, la première n'ayant pas donné les résultats escomptés. Cependant, un risque, et pas des moindres, est associé à cette nouvelle agression sur son petit corps de bébé : ne pas survivre à cette intervention si rapprochée de la première. Ses parents tentent le tout pour le tout, car il n'y a qu'une alternative pour Jessica : être opérée et survivre (ou non) ou bien être totalement sourde. Heureusement, le pari a été gagné !

S'ensuivra une série incalculable de paracentèses (près de trois cents, une par jour, sans anesthésie), le diabolo n'existant pas encore, et de piqûres de pénicilline afin de venir à bout du monstre dévoreur. Sa pauvre cochlée bien abîmée lui laissera heureusement de quoi entendre suffisamment pour baigner dans la langue française et finalement la parler. Jessica guerroie contre la maladie les sept années suivantes, ponctuées de nombreuses otites. Elle s'accoutume à la douleur et devient résistante au mal. À son entrée au CP on lui conseillera juste de se mettre devant en classe : et voilà comment cette injonction « il faut qu'elle se mette devant » s'est introduite dans son quotidien.

Ce n'est que vers l'âge de trente ans qu'elle décide de s'appareiller : la technologie ayant fait des progrès, les prothèses auditives sont désormais adaptées au type et au degré de surdité des patients. Elle parvient à une bonne récupération après plusieurs essais d'appareils et moult réglages : intensité, fréquences à renforcer ou non, suppression des chuintements, harmonisation des aigus et des graves, comme un travail de mixage pour enregistrer un disque.

Lorsque, pour la première fois, elle sort dans la rue munie de ses « nouvelles oreilles », Jessica est surprise à chaque instant. Que de bruits ! Le trafic routier lui semble infernal, les klaxons et autres sirènes sont subitement agressifs, le son des talons qui claquent au sol, pas assez discret. Tout d'un coup les gens parlent fort, l'intérieur des magasins est assourdissant, les tringles métalliques cognant les portants la font sursauter à tout moment. Elle fait des bonds, se retourne, interroge du regard, ne sachant d'où ni de quoi proviennent ces sons mystérieux.

Elle est cependant émerveillée par certains chants d'oiseaux qu'elle découvre, le doux crissement des pas sur les graviers, les ruisseaux qui dévalent la pente abrupte des montagnes... et tout ça en une fraction de seconde ! Il lui a juste suffi le temps nécessaire à l'installation de ses contours d'oreilles pour être propulsée du brouillard au soleil, sans transition aucune ! C'est une renaissance quotidienne dont elle s'extasie sans se laisser happer par l'habitude. S'évertuant à porter ses appareils un peu plus chaque jour, elle finit par se les approprier et ne plus faire qu'une avec eux. Maintenant, si elle les oublie, elle a l'impression qu'il lui manque une partie d'elle. Grâce à eux, elle sort de sa caverne et le monde sonore s'éclaircit comme par magie !

Cependant, un problème va petit à petit se dévoiler et la placer dans une position bancale constante. En effet, elle entend suffisamment pour vivre normalement, pour communiquer et finalement ne laisser apparaître que très peu de son problème de perception du son (et surtout de la voix parlée) au monde extérieur. Elle n'a pas pour autant une audition assez bonne pour tout comprendre et, du coup, une partie des messages oraux lui échappe, ce qui la place parfois dans des situations cocasses ou embarrassantes. Bref : elle entend trop ou pas assez ! Combien de fois a-t-elle acquiescé d'un oui, lors d'une conversation, au propos de son interlocuteur alors qu'elle n'a rien capté de ce qui vient de lui être exposé !

Beaucoup de personnes sont intriguées par le monde des sourds, fascinées par la langue des signes, mystérieuse et gracieuse. La manière dont on essaie de faciliter l'accès à une vie normale à ces gens coupés des entendants est justifiée, louable, généreuse et une heureuse initiative. Qu'en est-il des malentendants qui n'ont qu'une perte moyenne de leurs facultés auditives ? Qu'ils se débrouillent ! Après tout, ils entendent quand même un peu, ça doit bien leur suffire pour comprendre tout ce que l'on dit !

Finalement, Jessica a l'impression que la plupart des gens de son entourage n'accordent que très peu de prévenance à son égard et ça l'énerve ! Pourquoi ne serait-ce qu'à elle de faire des efforts pour communiquer ? Les autres sont bien contents de discuter avec elle, alors ne pourraient-ils pas donner un peu d'eux-mêmes et faire en sorte qu'elle puisse suivre ce qui est échangé ? Seulement voilà : la surdité est un des handicaps qui ne se voit pas ! Avec ses cheveux longs et la couleur marron clair de ses contours, rien ne vient rappeler aux gens qu'elle côtoie qu'elle n'entend pas comme eux, et même s'ils le savent, ils finissent par l'oublier ! Tant pis, elle devra faire avec, se conformer au monde et aux autres humains si elle veut continuer à évoluer parmi eux…

Alors oui, Jessica est devenue résiliente par instinct de survie et cette qualité développée fera partie d'elle. Sa déficience auditive la façonnera en une personne tenace et volontaire qui aura à cœur de montrer de quoi elle est capable. Elle va se suradapter et avancer ainsi tout au long d'une vie ordinaire… ou presque ! Une existence comme tout le monde, à quelques anecdotes, détails et événements près…

Voilà ce que Jessica vous invite à découvrir.

Au travail

Jessica est issue d'une famille de musiciens amateurs : le père joue de l'accordéon, la mère du violon et le frère de la clarinette. Chez elle, on ne demande pas aux enfants s'ils veulent pratiquer la musique, la seule question qui se pose concerne uniquement le choix de l'instrument. Elle a hésité un moment entre le violoncelle (dont elle entend bien les sons graves) et le piano (les fréquences moyennes étant facilement perceptibles par son oreille). Finalement, elle opta pour ce dernier, compte tenu de sa ressemblance avec l'orgue, son instrument préféré : présence d'un clavier, mêmes touches, même technique de jeu, des pédales. L'orgue étant trop grand pour entrer dans sa chambre et l'obligeant par conséquent à se déplacer à l'église pour s'entraîner, elle se décida pour le piano, même si son cœur était bien plus transporté par la résonance et les sonorités de son cousin.

Après dix années de pratique et de travail quotidien, un diplôme de niveau supérieur en poche, Jessica décida de devenir professeure de musique. Évidemment, cette résolution en a amusé plus d'un : une sourde professeure de musique ! À faire hurler de rire !

Il faut savoir que vous êtes qualifié de sourd à partir du moment où vous n'entendez pas aussi bien que les autres : c'est le sens communément donné à ce terme par les non-initiés à cette déficience. Pourtant, le caractère déterminé et accrocheur de la jeune femme lui a dicté cette pensée dès le plus jeune âge : « Puisque j'entends moins bien que les autres, j'entendrai mieux que les autres ! » Voilà comment elle obtint son diplôme du CAPES d'éducation musicale et de chant choral après des études sans problème.

Comme tout travailleur français, elle a ensuite été dans l'obligation de passer une visite médicale avant d'enseigner (ce sera d'ailleurs la seule dont elle bénéficiera durant toute sa carrière à l'Éducation nationale car, comme chacun sait, un prof en bonne santé à vingt-trois ans le restera à vie !). C'est donc seulement à ce moment-là, après cinq ans d'études post-bac, que l'on s'inquiète, dans notre pays, de l'aptitude physique et mentale du futur prof ! Bien entendu, la « malentendance » de Jessica n'a pas échappé au fameux médecin, chargé de repérer les éventuelles brebis galeuses du système avant de les envoyer dans l'arène.

Son sang n'a fait qu'un tour lorsque celui-ci lui a annoncé qu'une expertise plus poussée devait avoir lieu afin de contrôler la capacité de ses oreilles à évoluer en milieu scolaire. Quoi ? Elle s'est coltiné cinq ans d'études peut-être pour rien ? On se fiche d'elle ! Comment est-ce possible que personne n'ait seulement songé un seul instant au caractère impératif de pratiquer ce check-up avant le début du cursus universitaire ? Le bon sens ne semble pas faire partie intégrante des hautes sphères hiérarchiques du ministère…

C'est donc dépitée qu'elle se résout à une contre-visite chez un ORL agréé par l'État. Heureusement que certains ont un tant soit peu de pitié ! La compassion de ce spécialiste va lui permettre de mettre à profit ses études grâce à la conclusion complice de celui-ci : « Je vais trafiquer les chiffres pour que ça passe, parce que ce n'est pas sûr que vous soyez déclarée apte à l'enseignement ! » Ouf !

Voilà donc Jessica partie pour vingt-six ans de professorat… À l'aise au milieu des enfants et autres ados en pleine crise, elle connaît malgré tout quelques moments de vide sidéral… La panique s'empare d'elle lorsqu'au détour d'une magnifique phrase musicale mettant en valeur la mélodie sensuelle d'un violon plaintif, un élève, plus malin ou plus vicelard que les autres, lui sort : « Madame, il y a du triangle ! » Mais je vais te le faire bouffer ton triangle, moi ! Qu'est-ce que j'en sais s'il y a du triangle ou non ! Et puis, qu'est-ce qu'on s'en fiche de savoir si ledit triangle joue à ce moment-là ou non ! Que répondre quand le son aigu de cet instrument ne peut être audible à son oreille à elle ?

« Euh, oui, tu as sans doute raison, il doit y avoir du triangle… mais ce qui m'intéresse, c'est le violon ! Comment pouvez-vous définir la mélodie principale ? » Allez, on passe vite à un autre sujet, on les branche illico sur le tempo.

Seulement voilà : l'élève, qui fait figure de premier de la classe, ne lâche pas l'affaire aussi facilement et veut sa confirmation ! Il y a du triangle, oui ou non ? Jessica est prise subitement d'une irrésistible envie de museler ce jeune, transporté par son excès de zèle. Vite, vite changer de question, déclencher des levers de mains. Vite, vite faire fuser d'autres répliques tout droit sorties de la bouche des enfants enthousiastes à l'idée d'avoir trouvé la bonne réponse. Vite, vite se recentrer sur l'œil brillant des autres gamins trépignant à leur place, les fesses en suspension à trente centimètres au-dessus de leur chaise, le bras en l'air, l'index pointé vers le plafond lançant des « m'dame, moi m'dame ! » pour être celui qui sera interrogé le premier, sûr de détenir la vérité, prêt à déployer des efforts colossaux pour une miette de reconnaissance ! Quelle reprise en mains de Jessica qui, ni vu ni connu, a récupéré la barre et est de nouveau le capitaine de sa classe !

Elle est ce genre de professeure que les élèves aiment bien : plutôt gentille et sympathique sans se la jouer « copain-copain », bienveillante et vraiment là pour les aider, et ça... ils le sentent tout de suite. Elle sait les embarquer dans son goût pour sa matière, et son côté passionné lui confère un brin de folie qui séduit les enfants. Soumis à des cours frontaux à longueur de journée, contraints à une position assise heure après heure dans la passivité pour une grande partie du temps, cette enseignante qui les autorise à se lever, à bouger pour effectuer leur échauffement vocal puis à frapper sur la table, dans les mains ou sur les cuisses afin de travailler le rythme, à claquer des doigts pour s'essayer à la percussion corporelle, sort de l'ordinaire et leur permet de s'exprimer d'une manière originale.

Lorsqu'elle chante et joue au piano, elle les captive : les jeunes aiment, pour la plupart, le beau, l'harmonieux, une interprétation sensible. Certains rebelles affirmeront que ça ne vaut pas le hard-rock, le reggae, le rap ou toute autre musique plus représentative de leur époque et de leur âge, mais même s'ils ne veulent pas l'avouer et le montrer, ils sont sous le charme de ce timbre expressif qui évolue avec facilité et justesse sur toute l'étendue de sa tessiture.

Parfois, Jessica obtient une intense communion, les vingt-cinq voix à l'unisson chantant dans une osmose parfaite, dans une intériorité presque religieuse : instant de grâce… un ange passe… Elle est alors émue aux larmes : le métier vaut le coup ne serait-ce que pour ces moments-là.

Les enfants restent des enfants et s'ils peuvent tirer profit de vos faiblesses, ils n'hésitent pas et s'engouffrent dans la brèche. Les élèves de Jessica ont bien sûr repéré qu'elle ne répondait pas toujours aux remarques qu'ils lançaient ou aux questions posées. Il y a un fond sonore permanent dans une classe : chaise qui bouge sous les mouvements de celui qui se tortille dans tous les sens pour calmer son envie de se défouler, règle qui tombe de la table de l'élève fouillis. Il y a aussi celui ou celle qui sort toutes ses affaires à chaque heure, au cas où, sans compter les inévitables petits chuchotements et autres bavardages de ceux qui ne peuvent rester muets, même un court moment, sous peine d'exploser comme une cocotte-minute !

Bref, Jessica est souvent gênée par ces bruits parasites qui masquent la parole et l'empêchent de percevoir clairement les interventions orales. Ces chères têtes blondes, plus futées qu'il n'y parait, ont très vite compris qu'elles pouvaient tricher un tout petit peu et berner cette prof un peu dure d'oreille, sans aucune méchanceté cependant.

Le groupe sait par exemple qu'il peut venir au secours du pauvre malheureux désigné pour écrire la réponse demandée au tableau : comment dessine-t-on les signes du crescendo et du decrescendo ? Vaste question, entraînant parfois l'élu dans un trou abyssal, pétrifié face à la horde d'yeux le fixant bouche bée, suspendue à ses lèvres ! Des gouttes perlent sur son front, ses joues écarlates dévoilent son ignorance. La victime cherche dans les profondeurs absconses de son cerveau un quelconque reste de mémoire. Le suspense est intenable, les secondes qui s'égrainent, interminables…

Pris d'une pitié incommensurable pour celui à la place duquel les collégiens pourraient se trouver un jour, et dans l'espoir qu'ils seraient sauvés, eux aussi, dans pareille situation, chacun y va de sa réponse susurrée pour ne pas être entendue, l'air de rien, le sourire innocent, mettant en parfaite confiance l'adulte naïf. Seuls leurs mimiques insistantes, leurs cous tendus vers l'avant pour être au plus près des oreilles en alerte de l'interrogé trahissent leur tricherie. À croire qu'ils ne se doutent pas qu'un sourd voit très bien ! C'est donc grâce au regard que Jessica découvre le pot aux roses.

— Vous ne dites rien les autres, on va voir si Rémi trouve la réponse. S'il n'y arrive pas, ce n'est pas bien grave, quelqu'un viendra l'aider !

Mince ! La prof n'est pas en colère ! Ça ne valait donc pas la peine de se donner tant de mal et de risquer de se faire punir ! Eh oui, malentendante mais maligne !

— Madame, ça a sonné !

— Ah bon, vous êtes sûrs ?

— Oui, oui, madame, ça a sonné, vous n'entendez pas le bruit dans le couloir ?

Ben non, Jessica n'entend pas le bruit dans le

couloir ! Se fait-elle avoir par ces petits chenapans ou est-ce que la sonnerie a réellement retenti ? Mystère… Toujours est-il qu'elle fait particulièrement confiance à leurs montres, réglées pour vibrer à la seconde près, afin de se ruer vers la sortie à la fin du cours, surtout si c'est le moment de la récréation. Alors parfois, elle ouvre la porte donnant sur le couloir de l'établissement pour constater que ses élèves ont grappillé quelques secondes, voire minutes, avant l'heure fatidique, au cas où ça marcherait… Ah, ces zozos, ils n'en loupent pas une ! Une faiblesse montre le bout de son nez et ils s'en emparent allègrement !

Lorsqu'elle entre en salle des professeurs, Jessica est toujours surprise par certaines pratiques communément acceptées par l'ensemble des enseignants. Il suffit qu'elle veuille s'isoler pour préparer des cours, remplir des papiers (et Dieu sait s'il y en a !), rédiger un résumé à distribuer en fin de cours à ses élèves, pour que deux collègues débarquent sans crier gare et se mettent à discuter très fort, venant troubler son besoin de concentration. Pourquoi parlent-ils comme s'ils se trouvaient chacun à un bout de la pièce ? Ont-ils peur qu'on ne les entende pas ? Veulent-ils bien marquer leur présence, et pourquoi ? Ont-ils besoin d'affirmer leur sérieux et de montrer qu'ils échangent sur des questions professionnelles ? Oui, elle a pris note qu'ils sont entrés, qu'ils existent et qu'ils travaillent bien !

Jessica perçoit cette irruption comme une intrusion dans son espace intérieur et un non-respect de sa quiétude. Elle, qui est constamment obligée de focaliser son attention sur la parole des autres, revendique le peu de répit dont elle bénéficie, lui offrant l'opportunité de relâcher son hyper vigilance : cela lui permet de récupérer de l'énergie. Qu'on ne vienne pas rompre ce moment d'accalmie et briser sa bulle imaginaire ! Mais ce doit être une vérité admise par le corps professoral, tout le monde peut parler en salle des profs quand bon lui semble, de la manière dont il veut et, bien sûr, cela ne dérange personne… Jessica en veut pour preuve ces conversations avec un quelconque acolyte, interrompues sans précaution par un tiers, sans même la moindre formule de politesse du genre : « Désolé de vous déranger, mais j'ai quelque chose d'urgent à dire à Valérie ! » Non ! Cette entrée en matière serait trop longue, le plus simple étant de couper la parole sans autre forme de procès.

Autre étrangeté de la salle des profs : le silence dans lequel sont plongés ses occupants lorsque quelqu'un entre et ose lancer un « bonjour ! » tonitruant et joyeux, bien audible par tous. Jessica finit par se demander si ses consœurs et confrères ne sont pas atteints, eux aussi, de déficience auditive, eux qui parlent si fort par moments, comme s'ils ne s'entendaient pas, et qui ne répondent pas à d'autres. L'élucidation du mystère est peut-être là : ils sont encore plus sourds qu'elle !

Pourtant, il est des quarts d'heure où le brouhaha règne en maître : les récréations ! Quelle galère pour Jessica de comprendre ne serait-ce qu'une parole, un mot, une bribe de conversation ! C'est bien sûr à cet instant que les informations importantes sont partagées, et c'est bien sûr à cet instant que Jessica ne va rien capter ni enregistrer. Triple effort pour elle : pas de repos pendant cette pause censée délasser et requinquer, une concentration extrême et extrêmement fatigante pour saisir toutefois quelques bouts de phrases. Enfin, partir à la pêche aux renseignements durant les jours qui viennent, pour, malgré tout, être au courant de ce qui se passe dans l'établissement ! Dur, dur…

Que dire des réunions ? Les enseignants ont tous connu des classes où les bavardages rendent leurs cours pénibles, ils ont tous, au moins une fois, rouspété après les éléments perturbateurs…

mais sont-ils des modèles en la matière ? Sont-ils capables d'appliquer l'attitude qu'ils réclament à leurs propres élèves ? Sont-ils des individus sages et attentifs ? Faites ce que je dis, pas ce que je fais !

Les réunions : le cauchemar de Jessica ! Bien sûr, les autres professeurs savent qu'elle est malentendante mais où est le problème ? Elle cause bien, donc elle entend bien : évident, non ? La voilà engagée dans une partie de ping-pong, suivant de la tête chaque personne prenant la parole de gauche, de droite, d'avant en arrière, cherchant du regard d'où provient la parole (elle ne localise pas le son dans l'espace) pour tenter de lire sur leurs lèvres, si la voix en question n'est pas trop sourde. Inévitablement, plusieurs se mettent à intervenir en même temps : mais alors comment peut-elle résoudre le problème ? Un œil à droite et un œil à gauche ?

Elle perd forcément le cours de l'un ou l'autre des échanges, et comme le suivant rebondit sur ce qui vient d'être dit auparavant, imaginez la suite… Si par chance ses yeux étaient fixés sur la bonne personne, elle va connaître la fin de l'histoire, sinon, fini pour elle ! Elle s'accroche et reprend alors le fil d'une nouvelle discussion dans l'espoir d'aller jusqu'au bout… N'en pouvant plus, elle s'enfonce dans sa chaise et ne perçoit plus alors qu'un lointain bourdonnement dépourvu de sens.

Et il y a pire. La bête noire de Jessica est la réunion qui se déroule dans un gymnase : la voix s'éparpille et se dilue dans cet immense volume. Bien souvent, cet espace entraîne une résonance des sons émis, rendant la compréhension des mots impossible à Jessica. Surtout si l'orateur a la bonne idée, par-dessus le marché, de coller son micro contre sa bouche, de peur de ne pas être entendu, cachant du même coup ses lèvres et empêchant Jessica de lire dessus !

Il est pourtant un épisode trimestriel au cours duquel règne un silence solennel, preuve que l'heure est grave, car le sort et l'avenir d'un élève vont être officiellement statués. L'ambiance est au sérieux, au travail, à la réflexion et à l'application, tournant parfois à la dramaturgie : le conseil de classe ! Les conditions parfaites sont réunies pour Jessica : chacun parle à son tour, on s'écoute, on s'entend, le débat est dirigé, le représentant de l'administration distribuant la parole à tour de rôle. Pourquoi faut-il alors que certains s'évertuent à lui compliquer malicieusement la tâche ? Immanquablement se trouve autour de la table celui ou celle qui parle avec une voix si faible qu'elle semble presque avoir honte d'être audible ! Que dire des personnes qui n'articulent pas ou, le pire du pire, ne desserrent pas les dents pour parler ? La hantise de Jessica ! Une autre de ses bêtes noires : la moustache ! Comment lire sur les lèvres quand celles-ci sont enfouies sous une touffe exubérante de poils hirsutes ? Impossible.

Il y a-t-il quelqu'un pour imaginer qu'en appuyant sa mâchoire inférieure contre sa main (signe de fatigue, d'ennui, de lassitude), Jessica est privée de la compréhension du discours faute de pouvoir traduire les différentes ouvertures de la bouche en phonèmes ? Combien de fois est-elle obligée de faire reculer son voisin de gauche ou de droite d'un appel sur le bras pour voir la personne qui intervient ?

Comme quand elle était enfant, à elle de se démener pour être à peu près au courant de ce qui se raconte entre collègues. Alors, Jessica fait de grands sourires pour donner l'illusion qu'elle a tout capté. L'essentiel, pour elle, est d'être présente au moment où l'on va dégommer sa matière dite... secondaire ! Car même si la suite des études du jeune, passé sur le grill, ne dépend pas d'un dix-huit sur vingt en éducation musicale, elle revendique les qualités et les compétences nécessaires pour obtenir une telle note !

— Pour Julien, c'est pas très bon dans l'ensemble (dans l'ensemble, peut-être, mais pas dans le détail). Observons attentivement le diagramme...

En effet, les résultats de chaque élève sont représentés à la manière d'une étude économique poussée, sous forme de courbes, de camemberts ou de bâtonnets : ça fait beaucoup plus sérieux et ça en impose aux délégués de parents et d'élèves présents.

— Les résultats sautent aux yeux, poursuit le professeur principal : il n'a pas la moyenne dans la plupart des matières.

— Euh, je vous fais remarquer qu'il est très bon en musique, tout comme en sport, intervient Jessica.

— Oui, en effet... mais à part ces deux disciplines-là, il est en dessous de la moyenne partout.

Ben non, justement, pas partout, il y a celles-là ! pense Jessica. Bien sûr, elle n'aura pas le dernier mot et il vaut mieux abdiquer. Chacun sait que ces matières « du bas du tableau » n'ont pas d'importance et ne comptent pas pour le passage dans la classe supérieure. Néanmoins, pourquoi ne pas considérer, au contraire, les talents dégagés par ces jeunes, leur sensibilité toute particulière, leur sens du rythme ou cette oreille qui leur permet de chanter juste ? N'est-il pas utile de mettre en avant les bienfaits du sport qui aide à mieux percevoir son corps, à être en bonne santé et de valoriser les enfants ou ados qui ont des aptitudes dans ce domaine ?

Je sais ce qu'ils se disent tous, rumine Jessica dans sa tête : «Je ne suis que la prof de pipeau, tandis que mes collègues d'EPS (éducation physique et sportive), le ciboulot vide, comme chacun sait, ne savent rien faire d'autre que lancer la baballe». L'EMT (éducation manuelle et technique), devenue la *technologie*, n'était déjà qu'une récré papier crépon et macramé à l'époque où Jessica commençait à enseigner. Ceci dit, le ballon est devenu le *référentiel bondissant*. Du coup, les cours font tout de suite plus pro et intello car les enfants ne doivent pas jouer mais travailler. Ce genre de formule est surtout censé apaiser les égos égratignés des profs de sport que l'on considère souvent, à tort évidemment, comme des bêtes musclées pédalantes, courantes ou grimpantes !

Les anecdotes au travail pourraient se multiplier, mais ce que Jessica retient, c'est sans doute le manque d'empathie et une faculté d'oubli quasi généralisés concernant sa différence. « Quasi », car certaines belles personnes savent prendre soin d'elle, lui demander si elle a bien tout compris, lui répétant si nécessaire ce qui vient d'être dit, lui expliquant plus tard les détails des idées exposées, lui préprécisant les informations importantes à retenir : une bouffée d'air pour elle ! Alors merci à toutes celles et tous ceux qui se reconnaîtront dans cette description !

La musique

Restons dans le domaine de la musique puisqu'il est celui au sein duquel Jessica a évolué durant toute son enfance et une partie de sa carrière. Elle n'entend pas tous les instruments, comme nous l'avons vu, et cela lui a posé quelques problèmes lors de ses études (même si elle a compensé, comme toujours).

La dictée musicale ! Peut-être avez-vous entendu parler de ces fameuses mélodies que les élèves doivent transcrire en notes sur une portée, rien qu'à l'oreille, pendant les cours de solfège (appelés aujourd'hui « formation musicale », ça fait mieux...) : pas évident ! À moins d'avoir l'oreille absolue, c'est-à-dire de mettre immédiatement un nom de note sur un son grâce à une mémoire auditive exceptionnelle, il vous faut calculer, de tête, quelle note de la gamme vous entendez, en chantant intérieurement, à partir d'une référence , souvent le la du diapason.

« La, si, do, ré, mi, fa. C'est un fa ! Euréka ! » Cette gymnastique cérébrale se fait de plus en plus vite au fur et à mesure de l'apprentissage et, finalement, les élèves s'améliorent.

Seulement voilà : au niveau de la faculté de musicologie, les dictées ne se résument pas à écrire sur papier un air simple joué au piano, non !

« Vous noterez la partition jouée par le violoncelle. » Allez isoler mentalement la ligne mélodique d'un instrument caché derrière au moins cinquante autres ! Car l'exercice consiste à travailler son oreille sélective, à oublier le reste de l'orchestre pour n'entendre que l'instrument désigné !

Quand il s'agit du violoncelle, encore, ça passe pour Jessica, mais quand on lui demande de griffonner les notes de la flûte traversière ou du frêle violon solo, comment s'y prend-elle, je vous le demande, hein ?

« Ils en ont de bonnes, la flûte noyée au milieu des clarinettes, trompettes et cordes si nombreuses, je l'entends comme un oiseau qui chanterait au bord d'une autoroute ! » Alors, Jessica fait au mieux, encore une fois... Parfois, elle invente, selon une logique mélodique et harmonique, de manière à ce que le fameux air de flûte puisse s'intégrer dans cette œuvre orchestrale : « J'essaie, on verra bien ! » C'est ainsi qu'elle a poursuivi et réussi ses études, malgré tout.

Car cette femme sensible, malmenée par la vie, est aussi forte que son apparence est fragile. Elle s'accroche, ne baisse jamais les bras, n'abandonne en aucun cas. Sa volonté est à la hauteur de son envie de réaliser ses rêves, de profiter de la vie, de la mordre à pleines dents, d'avancer, et surtout de gagner. D'ailleurs, ses devises ne sont-elles pas « quand on veut, on peut », « je veux y arriver et j'y arriverai » mais aussi « qui ose gagne ». Là, c'est dit ! Elle n'en impose pas avec sa petite taille, son apparence toute fine, sa douceur blonde, son regard doux et sa bienveillance. Pourtant, elle est costaud, résistante, et son mental est infaillible. Quiconque la connaît bien, décèle sa force de caractère, son inépuisable énergie et sa détermination à toute épreuve.

Jessica aime écouter de la musique dans sa vie de tous les jours, comme bon nombre d'entre nous, sauf que pour elle, beaucoup de situations posent problème. Tenez, lorsqu'elle travaille dans son bureau au premier étage et qu'elle met un disque sur sa chaîne hifi qui se trouve au rez-de-chaussée, elle s'énerve, c'est inévitable !

« Ah, c'est pas vrai, j'entends rien ! » Et hop, la voilà contrainte de descendre les quatorze marches de son escalier pour aller augmenter le son. Une fois remontée, réinstallée à son bureau, nouvelle constatation : « Mince, j'ai juste un bruit de fond, pas terrible, il faut que j'y retourne ! *Pfff...* »

Et c'est reparti pour un entraînement improvisé avec dénivelés ascendant et descendant, en espérant chaque fois avoir enfin réglé correctement le volume. Car elle doit jongler entre deux limites : celle où elle va percevoir distinctement quelque chose et celle où le voisin va sortir pour tambouriner à sa porte en vociférant pour la énième fois ! « Ça hurle ! Baissez ! On entend jusque chez nous ! » Plains-toi, t'as des oreilles, toi !, pense très fort Jessica. Alors, résignée, elle se retape les quatorze marches pour finalement éteindre : à quoi sert d'avoir juste un vague bourdonnement lointain comme compagnie ?

Comme c'est le cas souvent aujourd'hui, elle ne peut pas jouer à la génération Y : pourquoi ? Réfléchissez ! Si elle essaie d'enfoncer ses écouteurs, que se passe-t-il ? Ses prothèses vont réagir ! « Eh, ça ne va pas ? Qui est-ce qui pousse comme ça ? On va finir coincées dans le tuyau, nous ! » Ses conduits auditifs vont crier grâce ! « C'est quoi ce bazar ? On n'est pas des fourre-tout ! Du balai les embouts, poussez-vous, vous allez finir par crever nos tympans ! » Eh oui, pas possible pour les appareillés d'écouter de la musique pour eux tout seuls, ni de prêter un écouteur pour partager leur chanson préférée avec un ami. Difficile également de poser un casque sur les oreilles qui ne manqueraient pas d'être blessées en appuyant dessus, gênées par la partie contour d'oreille. Quant aux implantés, pour qui la perception du son ne passe pas par le conduit auditif, à quoi leur servirait un écouteur qui ne capterait rien, quoi qu'ils fassent ?

Lorsqu'elle est sous la douche, Jessica peut chanter mais ne peut pas écouter de musique. Elle enlève ses « oreilles », comme elle dit, et n'entend plus grand-chose. Le bruit de l'eau qui coule ajoute un fond sonore qui l'empêche de percevoir quoi que ce soit. Ce sont les petites contraintes du quotidien d'une malentendante, mais mises bout à bout, elles modifient sa vie tout au long de la journée.

La musique lui permet, comme chacun d'entre nous, de faire passer le temps en voiture. Pendant les longs trajets, elle aime se distraire avec des airs qu'elle connaît pratiquement par cœur. Heureusement que les auteurs et interprètes ne l'entendent pas ! Elle a inventé un nouveau jeu de massacre qui consiste à changer les paroles à la manière d'une malentendante, c'est à dire : « J'entends des sons mais je ne comprends rien ! » Difficile pour elle de déchiffrer ce que disent ces chanteuses et chanteurs à travers des haut-parleurs peu performants, accompagnés, en toile de fond, par le bruit du véhicule qui roule. Alors, tant pis, elle donne de la voix en prononçant ce qu'elle devine. Quand elle lit les vraies paroles par la suite, elle se rend compte qu'elle était loin, très loin de la réalité ! Ainsi, le refrain de Dernière danse d'Indila, « Est-ce mon tour ? Vient la douleur », se transforme en *je viens l'amour, eh bien c'est l'heure*. Plus rien à voir !

Quand Juliette Armanet dit « À deux, c'est tellement chouette » dans son disque Petite amie, Jessica métamorphose la phrase en *j'te dis tellement d'choses*. Carrément ! Elle n'hésite pas non plus à remplacer « l'eau qui tombe » de la chanson Sous la pluie, issue du même album, par *Lentement* ! Pourtant, à première vue, il n'y a vraiment aucun rapport ! Ça ne fait rien, Jessica chante, c'est ce qui lui importe, même si elle est frustrée de ne pas pouvoir interpréter correctement ces airs qu'elle aime et qui lui permettent de s'évader. Elle en veut parfois à ces interprètes qui marmonnent, empêchant le texte d'être bien distinct. La voix chantée déforme déjà les mots, alors si en plus ils sont susurrés ou hurlés, c'est la fin des haricots !

Et que dire des textes en anglais... La transformation peut laisser rêveur ou faire dresser les cheveux sur la tête des anglicistes ! La pauvre Yael Naim frissonnerait si elle découvrait ce qu'est devenu le titre I walk until, I walk on teardrops (je marche jusqu'à ce que je marche sur des larmes). Sans pitié, Jessica attaque franco par *e woketil, e woketil dop* : du charabia ! Presque une pub pour le shampoing Dop !

Qu'entend-elle quand Dave Gahan nous dit de jouer au maître et serviteur (« let's play, master and servant ») ? *L'explain, monster and compagny !* traduisez : « Expliquer monstre et compagnie »... Ne confondrait-elle pas avec le film d'animation des studios Pixar ?

Elle a quand même un chouchou : Florent Pagny. Lui, il donne du gosier sans pour autant mâcher les paroles pour en faire de la bouillie ! Enfin un chanteur qui ar-ti-cule ! Elle peut tout fredonner sans problème : quelle jouissance ! Les « souviens-toi de garder le soleil dans tes bras, d'oublier tous les mauvais endroits, de rêver toujours, envole-toi » restent intacts ! Le refrain « Moi je veux vieillir avec toi, c'est mon plus beau rêve ici-bas, oui je veux vieillir contre toi, c'est mon plus grand rêve ici-bas » a des chances de survivre : Jessica s'époumone avec un magnifique *moi je veux vieillir avec toi...* identique à l'original ! Merci, monsieur Pagny !

À la maison

« Hein ? J'ai rien compris ! » Quelle idée d'avoir inventé les pièces séparées dans les lieux de vie ! Comment un malentendant fait-il pour comprendre à travers les murs, sans pouvoir lire sur les lèvres ? Jessica voudrait être un passe-muraille pour aller facilement de la cuisine à la salle à manger. Elle en fait des kilomètres et des escaliers en se déplaçant dès qu'on lui parle depuis un autre endroit que celui où elle se trouve !

« Flûte et flûte ! C'est toujours à moi de bouger ! » Eh bien oui, Jessica, il faudra t'y faire ! Les autres, aussi proches soient-ils, oublient que tu les entends, certes, mais que tu ne les comprends pas... C'est comme ça, ce sera constamment à toi de faire l'effort sur le long terme.

Quand elle fait répéter une personne trois, quatre, cinq fois – ce qui, avouons-le, peut devenir très pénible – et que, malgré tout, elle n'arrive pas à déchiffrer ce qui entre dans ses oreilles, la sentence tombe : « C'est pas grave, laisse ! »

Ah non, il n'est pas question de laisser ! Si vous saviez comme ça l'énerve ! Elle devrait se résigner à ne pas recevoir le message ? Ben alors, pourquoi s'adresser à elle si ça n'en vaut pas la peine ? Il faudrait qu'elle abandonne parce que l'autre baisse les bras, lassé de rabâcher ? Non, non et non ! Son interlocuteur n'a qu'à venir jusqu'à elle, articuler davantage ou, au moins, donner de la voix dans sa direction. Souvent, Jessica n'arrive pas à deviner les mots comme elle a l'habitude de le faire, ni à recoller les morceaux pour reconstituer la phrase. Rien ! Alors finalement, elle arrête toute activité, prend son courage à deux mains et va chercher l'information là où elle est, en s'approchant de la source sonore afin que le dialogue initial supposé reprenne son cours.

Pfff... Par moment, elle a l'impression que tout le monde s'en fiche qu'elle soit dure de la feuille, c'est limite si elle ne se sent pas transparente, inexistante, tout en sachant pertinemment que ce n'est pas la réalité.

Quand même, c'est facile de lancer un « Ah oui, je n'y pensais plus ! » Elle, elle ne peut pas oublier, faire comme si... Sa petite voix intérieure lui répète sans cesse : « Tu es malentendante,

Jessica, ne le perds pas de vue. Ne crois pas au miracle : tu es la seule à pouvoir compenser ce qu'il te manque. »

Un intérieur d'habitation comporte plein de bruits : des pas, des portes, l'eau qui coule dans une salle de bain ou dans l'évier d'une cuisine, de la vaisselle qu'on lave, la chasse d'eau des toilettes, la radio ou la télévision... La liste est longue de tous ces fonds sonores plus ou moins forts qui perturbent la perception de la parole. La voix humaine correspond aux fréquences moyennes, et Jessica a un manque à ce niveau-là, surtout à l'oreille gauche. Alors, instinctivement, elle dirige son oreille droite vers le son, en tournant légèrement la tête, quand elle ne distingue pas correctement les mots : elle tend l'oreille.

Elle a perdu beaucoup de fréquences aiguës également, celles qui servent à l'intelligibilité du discours, les graves occupant davantage la fonction de restitution de l'intensité. Par conséquent, elle entend mais ne comprend pas : difficile à concevoir pour les entendants qui pensent qu'en hurlant, elle arrivera à tout capter comme eux. Erreur ! Le volume augmentera mais pas la distinction claire des mots. Dans son cas, on ne pourra pas remplacer les fréquences manquantes, ses cellules ciliées sont mortes une bonne fois pour toutes ! Seule l'articulation (non excessive) l'aidera, tout en lui permettant la lecture labiale.

Donc, les bruits parasites du quotidien, disions-nous, masquent pas mal la parole, ce qui crée pour elle une difficulté supplémentaire.

« Hum, ça sent bizarre... Oh, mince, j'ai oublié le gâteau dans le four ! » Ah, la, la, pas facile de réussir sa cuisson quand on n'entend pas la sonnerie du four en fin de programmation !

« Oh non, mon beau gâteau, il avait l'air si bon ! Il est tout desséché, ratatiné à cause de cette fichue sonnerie trop aiguë qui ne m'a pas alertée ! » Bon, d'accord, elle avait aussi un tout petit peu oublié qu'elle avait mis quelque chose à cuire...

Quand elle reçoit des amis, il y a toujours un invité pour la rappeler à l'ordre quand elle ne bronche pas au bout d'un certain nombre de *bip, bip* de son four : « Euh..., quelque chose sonne depuis un moment, c'est normal ? » Oui, c'est normal ! Les conversations joyeuses vont bon train et masquent d'autant plus cette alarme à peine perceptible aux oreilles de Jessica. Elle passe sans doute pour une hôtesse complètement dans la lune ou bien peu attentive à son repas. Tant pis, elle n'en a que faire !

Ils doivent se dire : « Elle est sourde comme un pot, ma parole ! » Autrefois, cette expression, dite sous couvert de l'humour, en rigolant, l'a souvent heurtée et blessée. Il y a bien des tas de gens qui portent des lunettes et on ne leur balance pas pour autant : « Il est complètement bigleux avec ses loupes ! » Maintenant, elle a décidé de s'en moquer, c'est sa manière à elle de se protéger des agressions humaines malveillantes.

Avec beaucoup moins de conséquences sur sa réputation (de cuisinière talentueuse), un autre appareil de la maison lui pose problème : la télévision. Génial de voir bouger des lèvres, des personnages colorés, des actions trépidantes accompagnées d'une sorte de magma qui donne quelque chose comme *woua oua oua* plus ou moins fort, plus ou moins rapide, comme sorti tout droit d'une caverne de Néandertal ! Vous avez vu ces minuscules haut-parleurs ? Ridicules ! À moins d'avoir des oreilles cent pour cent fonctionnelles, vous ne pouvez suivre votre série préférée qu'en montant le volume, voir en faisant hurler votre poste (au risque que la terre entière devienne sourde) pour qu'il vous crache les dialogues des acteurs. Évidemment, il vous faudra user de la zapette pour baisser le son le temps des bruitages (puis le remonter pour les paroles) : les *vroum-vroum* et les *criiiiiiiiii* des voitures engagées dans les courses poursuites des films d'action, les *pan-pan* des cow-boys qui tirent plus vite que leur ombre dans les westerns, les *ahhhhh* stridents des femmes qui crient de terreur, tout droit sortis des thrillers, et les musiques à fond pour exacerber les émotions des téléspectateurs.

Ce va-et-vient d'intensité étant pénible pour son entourage, Jessica a opté pour l'ajout d'une barre de son. Les fréquences y sont réglables et elle est censée lui permettre une meilleure perception des voix. Hélas ! Même si cet accessoire offre une qualité supérieure de sortie des ondes, il n'est pas suffisant pour une ouïe de type Jessica. Malgré l'amélioration apportée par cet outil, les confusions, lors d'émissions, sont légion même avec le support de l'image. Un superbe reportage sur la chapelle Sixtine va vite dériver en une séance de barbouille coquine.

« Michel-Ange a peint, avec ces fresques, le plafond de la Chapelle Sixtine à Rome, ce qui sera un des chefs d'œuvres de la Renaissance. » L'affirmation déformée par les oreilles de Jessica va provoquer en elle une réaction de surprise très naïve et tellement drôle ! *Michel-Ange a peint, avec ses fesses, le plafond de la Chapelle Sixtine à Rome, ce qui sera un des chefs d'œuvres de la Renaissance.* « Ah bon, avec ses fesses ? » La réflexion de Jessica est déjà, en elle-même, irrésistible ! Et évidemment, dans un second temps, on ne peut s'empêcher d'imaginer la scène ! Michel-Ange (le pauvre !), le derrière en l'air, un pinceau coincé entre les fesses en train de couvrir le plafond de ses chefs-d'œuvre : de quoi déclencher l'hilarité immédiate !

« Nous allons maintenant donner la parole à Rémi. Il est traiteur dans les Deux-Sèvres. » Le présentateur d'une émission commentant l'actualité et donnant la parole aux Français est loin d'imaginer ce que va devenir cette phrase anodine. « Mais, il est treize heures ? » lance Jessica, à côté de la plaque, il faut l'avouer. « Je ne comprends pas pourquoi il dit ça, il est exactement neuf heures quinze ! » Eh oui, Jessica, tes oreilles t'ont encore joué un mauvais tour ! Le « il est traiteur » s'est muté en un *il est treize heures !*

Et que dire de cet acteur qui, dans un téléfilm, demande « une purée pour ma dent cassée » ?

Il se verra attribuer par Jessica *une purée pour mettre dans l'café* !

Les exemples de situations plus cocasses et décalées les unes que les autres sont nombreux. La grand-mère se transforme *en grand-messe*, un jour, je m'arrêterai devient *le bar est frais*, tu me prends par les sentiments donne *vu que tu me parles gentiment*, et bien d'autres encore.

Jessica fait rire ceux qui entendent ses remarques (ce qui n'est pas un mal en soi) mais elle se sent bête, souvent ridicule et parfois moquée (l'humour de ceux qui veulent blesser l'autre). Il se peut qu'elle passe pour une personne naïve ou enfantine. En réalité, elle ne fait que répéter tout haut ce qu'elle a compris, avant toute forme de réflexion, dans un élan de spontanéité. Son visage, dévoilant une expression ingénue, en devient attendrissant, comme on le serait par les yeux interrogateurs d'un tout petit découvrant le monde.

Plus qu'une seule solution pour elle : les sous-titrages. Encore faut-il que le programme choisi en comporte, que cette option soit incluse dans le DVD que vous voulez regarder, ou bien que la chaîne de télévision en soit pourvue. Beaucoup de conditions à remplir pour avoir un vrai choix, aussi large que celui des autres téléspectateurs.

Lorsqu'elle peut toutefois les afficher, elle doit user de rapidité pour avoir le temps de lire, tout en regardant, malgré tout, le film qui continue à se dérouler. Les yeux eux aussi doivent être experts et déchiffrer les mots à la vitesse de l'éclair afin de repositionner le regard sur l'image. L'exercice se complique quand les sous-titrages sont décalés par rapport à la parole (ce qui se produit souvent), car si Jessica comprend par chance quelques mots, ils ne se trouvent pas à la même place que le texte qui défile en bas de l'écran ! Et parlons de ces fameuses traductions écrites… Le moins que l'on puisse dire est qu'elles ne sont pas toujours fidèles aux paroles entendues. Parfois, la différence est telle que cela change l'histoire et la compréhension de l'intrigue. Jessica doit donc, encore une fois, faire un compromis entre ce qu'elle lit et les bribes de mots qu'elle entend. Elle tente en simultané de comprendre quelque chose dans ce fourbi d'informations mélangées !

Elle tire toutefois profit de cette faculté à suivre un programme télévisé grâce aux sous-titrages. Ce qu'elle trouve génial, c'est de regarder une émission ou un film sans son : elle le coupe et peut suivre uniquement avec les paroles, bruitages et musiques retranscrites par écrit sur l'écran. Ainsi, s'il y a du bruit chez elle, des gens qui parlent à côté de la télévision, une visioconférence en route à laquelle son mari participe, cela ne l'empêche pas d'allumer son poste et de parfaitement comprendre ce qui se déroule sur l'écran. Génial ! Non ?

Dans une habitation, il est un son qui est prévu normalement pour être entendu de partout dans l'appartement ou la maison où l'on réside, mais qui ne remplit pas toujours sa fonction d'avertisseur : la sonnette. Elle a pour but de vous prévenir quand quelqu'un vient vous voir et de déclencher chez vous un réflexe qui va vous diriger vers la porte d'entrée. Mais alors, pourquoi ces sonneries sont-elles toujours camouflées en des endroits improbables ? Celle de Jessica est enfouie à l'intérieur du boîtier électrique, fermé par une petite porte métallique, bien isolante, disposé dans une entrée séparée du reste de l'appartement par une nouvelle porte. Tout est prévu pour que vous ne l'entendiez pas ! Qui a imaginé un tel stratagème ? Cette personne a bien dû se creuser la tête et se triturer le cerveau dans tous les sens pour trouver comment faire pour que cette fichue sonnette, qui nous casse les oreilles, ne puisse pas être perçue par les occupants ! Si tel était l'objectif, c'est très réussi ! On ne pouvait pas mieux trouver que cette place au fin fond du boîtier électrique. Évidemment, le son y est non seulement étouffé mais aussi très aigu par-dessus le marché ! Bref, le jeu consiste à défier les oreilles les plus affûtées pour savoir qui va l'entendre ou non.

Celles de Jessica en sont bien incapables. À moins d'installer une lumière clignotante dans chaque pièce, elle reste sourde (c'est le cas de le dire) à toute tentative de visite.

Ses voisins, amies(s), famille perdent souvent patience, debout, le doigt pointé sur le mot sonnerie d'un bouton censé signifier « Sésame, ouvre-toi » et déclencher la mise en service de l'objet ! Lassés d'être plantés devant cette barricade, l'index en marmelade et voyant le temps s'écouler sans réaction à l'intérieur de l'antre verrouillé, ils finissent par partir, persuadés pourtant que Jessica était bien présente. Il leur arrive même de penser qu'elle n'a pas envie de les voir... Quand ils se retrouvent, quelque temps plus tard, leur mimique en dit long sur la suspicion de feinte quand elle leur annonce innocemment qu'elle n'a pas entendu sonner.

« Non, mais c'est vrai, je n'ai rien entendu ! », est-elle obligée de se justifier.

Le seul résigné à ce genre de mésaventure est son mari. Il la connaît et sait qu'elle ne ment pas : il a une longue expérience du syndrome de la porte close ! Lorsque Jessica a, par mégarde, laissé ses clés dans la serrure, son mari est impuissant, même muni de son trousseau, devant cet obstacle qui l'empêche de rentrer chez lui. Il sonne, resonne, reresonne, pendant des secondes, des minutes, essaie de toquer, puis de frapper contre ce mur infranchissable, présumant que Jessica percevra mieux ce son plus grave. En désespoir de cause, il finit par l'appeler sur son téléphone, fébrile à l'idée de passer la nuit à l'hôtel ! Parfois, au bout de dix, quinze, vingt minutes d'acharnement, ses efforts sont enfin récompensés.

Jessica, qui a descendu un étage de son duplex, a perçu quelque chose : « Tiens, on dirait qu'il y a du bruit ! » C'est le moins que l'on puisse dire ! Oui, il y a du bruit, si bien que parfois, c'est tout le palier qui est ameuté par le vacarme et se demande ce qu'on est en train de casser au deuxième !

Jessica se précipite alors sur la porte d'entrée qu'elle ouvre enfin. Stupéfaite et contrite de remords, elle trouve son pauvre bien-aimé assis sur le paillasson, les jambes étendues, s'étant préparé à passer une bonne partie de la soirée, exclu de son domicile.

Fêtes, amis et sorties

— Bonjour Jessica, ça va ?
— Oui, oui, bien, et toi ?
— Super ! C'est sympa d'être venus tous les deux. Vous pouvez aller...

Et là, le trou noir ! La suite de la conversation s'apparente à un monologue. Le début de la phrase a été à peu près capté, mais la fin : le smog londonien ! Des phonèmes balbutiés tentent un envol jusqu'à Jessica.

Lorsqu'elle est conviée à une soirée où il y a du monde, Jessica est ravie car elle aime s'amuser, échanger, faire connaissance avec de nouvelles personnes, revoir des amis mais aussi rire, manger, boire... En même temps, elle appréhende ce genre de distraction car elle sait d'avance qu'elle va devoir faire preuve d'une extrême concentration et qu'elle va saturer au fil du temps.

Elle ne peut expliquer à tous les participants ses difficultés à les comprendre, mais elle compte quand même un peu sur ceux qui sont au courant de son problème d'audition. Comment leur en vouloir ? Bien sûr, ils sont pris par l'ambiance de la fête, ils n'ont pas envie de s'embêter à répéter, expliquer, mais un petit effort pour l'aider à s'intégrer à quelques discussions serait le bienvenu !

D'abord, les invités viennent tour à tour voir le couple dès son arrivée. Son mari lui traduit ce qu'elle n'entend pas et elle fait tout son possible pour répondre et suivre la conversation. Mais absorbé par ses propres amis, il est embarqué vers de nouvelles aventures oratoires.

Le buffet est alors son sauveur. Faisant mine de chercher quelque chose à grignoter ou à boire, Jessica pense pouvoir relâcher un instant son attention dans ce sas de décompression. Que nenni ! À peine est-elle en train de souffler un peu que la bonne copine de service (ou pas si bonne qu'on le croit !) vient la présenter à son groupe d'amies. Elle la récupère tel un agneau esseulé qu'il faut à tout prix ramener dans le troupeau. « Je ne peux pas être tranquille cinq minutes », fulmine Jessica. Mon Dieu ! Elles se mettent à dix pour l'interroger, ne lui laissant aucun répit entre deux répliques.

— Comment t'appelles-tu ?
— Où habites-tu ?

— Et tu fais quoi comme boulot ?

— Ah, tu t'occupes d'enfants sourds ? Comme ça doit être intéressant !

— Mais alors, tu sais faire la langue des signes ? (la sempiternelle question).

— Je ne comprends pas, comment tu fais s'ils sont sourds ?

«Je ne suis pas un punching-ball ! On se détend les nanas ! Je vais tout vous dire mais calmos, l'une après l'autre !»

La chaîne hifi, crachant du son non loin de là, emplit la pièce d'un bruit de fond insupportable, si bien que tous les invités sont obligés de hurler pour se faire entendre.

«Non seulement je vais avoir la tête comme une citrouille demain, mais en plus je n'aurai plus de voix. Super ! Qui a eu la géniale idée de mettre cette musique si fort ? Ils veulent tous devenir des appareillés avant l'âge ? Vite, il faut que je trouve un stratagème pour sortir de ce guet-apens.»

Soudain, Eurêka ! L'argument massue, imparable et invérifiable vient à la rescousse ! «Désolée, mais là, je ne tiens plus, je vais devoir aller aux toilettes. C'est le champagne qui descend. Vraiment désolée (tu parles !). On se reverra bien au cours de la soirée ! »

Balaise, la fille ! Un vrai coup de génie ! Jessica s'échappe faisant mine de se retenir, l'air crispé de celle qui tente de fermer le robinet tant bien que mal pour ne pas se faire dessus et se payer la honte de sa vie ! En chemin, elle croise les doigts : pourvu qu'il n'y ait pas une autre bande aux toilettes, feignant la surprise d'un air naïf en la voyant débouler. Quand c'est le cas, Jessica est à la limite de la paranoïa, se sentant traquée par une organisation féminine chargée de la questionner (c'est sûr) ! Dans son imaginaire, elle devient la victime d'une colonie de poupées maléfiques tout droit sorties d'un film d'horreur !

Ouf ! Personne ! Sauvée ! Jessica s'enferme vite dans un WC et se délecte non seulement de se soulager la vessie, mais aussi, par la même occasion, le cerveau et les oreilles ! Le bonheur !

Comme elle ne va quand même pas terminer la soirée dans cet endroit somme toute utile mais pas des plus agréables ni d'un confort XXL, elle finit par sortir à pas de loup. Replongeant en pleine jungle, elle rejoint son mari en comptant sur son soutien indéfectible.

— Tiens, Jessica, je te présente Hubert, il travaille dans la même branche que moi et il fait beaucoup de montagne.

La discussion s'avère passionnante et Jessica arbore son plus beau sourire.

— Il a gravi l'Albaron.

— Ah ! C'est notre objectif de la saison, répond Jessica.

Quand son bien-aimé lui parle, il sait, lui, qu'il doit diriger son visage vers elle pour qu'elle puisse lire sur ses lèvres (c'est beau l'amour !).

— Vous allez au sommet en ski de rando ou en alpinisme cet été ? questionne Hubert.

— On pense plutôt attendre juillet pour le tenter, répond le mari de Jessica.

— On y va quand ? demande Jessica qui n'a pas compris.

— En juillet, c'est ce que l'on avait dit, lui réplique son homme avec une patience infinie.

— Ah, oui, c'est vrai.

— Jessica n'entend pas bien, s'empresse-t-il d'ajouter face au regard interrogateur dudit copain.

— Vous allez dormir au refuge des Évettes ? poursuit ce dernier.

— Oui, oui, bien sûr répond Jessica comme s'il s'agissait d'une évidence.

— Euh, on ne sait pas encore, on avait envisagé de coucher sous la tente un peu plus haut.

— On en a acheté des bien chaudes.

Air incrédule des hommes… Jessica s'enfonce petit à petit dans un quiproquo à la Feydeau. L'un parle de refuge des Évettes pendant que l'autre pense *refuge avec des vestes* ! Jessica abdique, en désespoir de cause, et préfère les laisser parler entre eux. De temps à autre, son mari se tourne vers elle pour la faire participer à la conversation afin qu'elle ne se sente pas exclue et qu'elle ne s'isole pas dans un mutisme pourtant bien confortable pour elle. Alors doucement, il lui glisse qu'elle n'a rien compris et qu'il lui expliquera après.

Comme souvent, on a beau présenter le problème de Jessica aux interlocuteurs, ceux-ci ne mesurent pas son degré de gêne, ou l'oublient, tout simplement. Alors, ils continuent à lui parler comme si, miraculeusement, elle avait récupéré des oreilles toutes neuves, rien que pour eux !

Parfois, elle remarque au coin de leurs lèvres un petit sourire, limite narquois, presque moqueur. C'est sans doute marrant de pouvoir dire ce que bon leur semble en sa présence, sans qu'elle puisse piger un strict mot ! Elle devine comme un sentiment de supériorité chez l'autre qui peut, lui, tout entendre, tout traduire, tout suivre sans difficulté. Il est *normal*, lui !

Quand elle en a assez de s'astreindre à démêler les sons qui lui sont balancés, elle envoie un oui sans savoir si sa réponse est bien appropriée à la question. Tant pis, elle essaie, même si elle risque de passer pour une bécasse !

Quelquefois, ce genre de situation peut quand même porter à confusion... Imaginez qu'un homme lui susurre des mots flatteurs et lui demande si elle accepte de sortir un soir avec lui ou d'aller boire un coup et qu'elle réponde oui parce qu'elle n'a rien compris à cause du bruit environnant : elle est bel et bien dans la panade !

— Bon, alors, tu es dispo quand ?

— Hein ? Quoi ?

— Oui, pour aller boire un verre ensemble, tu es dispo quand ?

— Mais... mais... je n'ai jamais dit que j'étais d'accord !

— Si, tout à l'heure, tu m'as dit oui !

— Oui, mais, non... Euh, désolée, je n'ai rien compris, je n'entendais pas !

Je ne vous explique pas l'embrouille ! Jessica, écarlate, prend congé de son Dom Juan dans la précipitation, la honte aux joues, se trouvant idiote de s'être mise dans une telle posture.

« Mais quelle cruche je fais ! Il n'y a vraiment

que moi pour me fourrer dans un tel traquenard ! »

Sois un peu bienveillante avec toi-même Jessica : l'as-tu fait exprès ? Non. As-tu volontairement répondu oui ? Non. Si tu n'entends pas, ce n'est pas de ta faute, et si tu réponds oui sans savoir de quoi il retourne, c'est parce que tu n'en peux plus d'écouter, de te concentrer et d'expliquer.

Finalement, à bout de stratégies d'évitement, Jessica s'assoit dans un endroit discret et se met dans sa bulle. Elle arrive très bien à s'enfermer la tête dans un bocal imaginaire la coupant du flot incessant de sons agressifs qui, à ce stade de la soirée, lui fait mal aux tympans. Elle regarde ces gens déambuler devant elle sans l'apercevoir, comme un poisson dans son aquarium. Pire ! Certains la remarquent mais sont persuadés qu'elle boude dans son coin comme une gamine qui fait son caprice ! Mais non ! Ils se trompent tous ! D'autres passent devant elle en lui adressant un imperceptible sourire mi-figue, mi-raisin : elle est seule parce qu'elle s'embête à cent sous de l'heure, parce qu'elle trouve leur compagnie insupportable ou bien encore parce qu'elle ne tient pas le coup et qu'elle est fatiguée alors que la nuit ne fait que commencer. Le regard de travers associé au rictus supposé servir de sourire en disent long sur la suspicion et la méfiance de ceux qui l'observent mine de rien, comme des badauds peu intéressés, jetant un œil distrait sur une toile dans une exposition de peinture. C'est ça, pense soudain Jessica, je suis un meuble, une déco dans une pièce, une potiche, une plante qu'on a posée là et qu'on a oubliée !

Heureusement, il arrive que dans certaines soirées, un moment de bonheur vienne la réconcilier avec la nature humaine. Outre son homme qui ne l'oublie jamais, parfois un invité s'arrête, empoigne une chaise et décide de lui consacrer un instant en s'asseyant à côté d'elle. Simple envie d'assouvir sa curiosité ou véritable élan de sympathie ? Jessica ressent alors pour cet inconnu (car il s'agit souvent d'une personne qu'elle n'a jamais croisée) une véritable reconnaissance. Merci à elle de lui redonner vie, consistance et de lui accorder son attention !

— Vous ne vous ennuyez pas trop ?

— Non, pas du tout, mais j'ai des difficultés à entendre avec ce vacarme.

— C'est vrai que cette musique est forte.

Souvent, son mari vient l'aider, ne sachant pas si Jessica pourra soutenir cette conversation même si son interlocuteur n'est pas loin d'elle. Attention, ne vous méprenez pas : il ne la surveille pas ni ne la couve ! Il veut juste lui porter secours quand il sait que la situation va être compliquée pour elle.

— Jessica est malentendante, dit-il.

Voilà, c'est fait. Au moins, comme ça, c'est clair.

— Ah, d'accord ! Ce n'est pas trop pénible ce volume sonore ?

— Si, justement, c'est pour cela que je me mets de côté, dans ma bulle, pour souffler un peu. C'est fatigant à la longue pour moi et puis je ne comprends rien de ce que disent les gens. Alors, au bout d'un moment, discuter est au-dessus de mes forces.

— Ah, je vais vous laisser.

— Non, ce n'est pas ce que je voulais dire ! Je n'ai rien contre vous, au contraire, ça me fait plaisir que vous soyez venu vers moi ! (ça y est, j'ai encore mis les pieds dans le plat... Oh, et puis zut, tant pis, j'en ai marre de devoir toujours me justifier).

Voilà à quoi ressemblent les fêtes où l'on est nombreux pour une malentendante incomprise ! Dorénavant, si un invité est assis à part des autres à une de ces occasions, allez le rencontrer, il est peut-être en souffrance...

Même en comité restreint, Jessica est souvent

en dehors des discussions ou carrément à côté de la plaque. Lorsque son mari et elle sont en compagnie de leurs amis ou de la famille, à moins d'une dizaine, Jessica arrive à s'en sortir : elle suit la conversation, si tant est que les interactions entre personnes ne fusent pas trop vite, au risque d'avoir des douleurs cervicales à force de bouger la tête dans tous les sens pour regarder les lèvres en mouvement. Cependant, l'affaire se corse lorsque deux conversations (par exemple celle des hommes et celle des femmes...) se déroulent en même temps. Pour peu que le groupe adverse parle plus fort que celui qu'elle tente de suivre, c'est la Bérézina qui recommence.

Chut ! Moins fort, nom d'une pipe, on n'entend que vous !

— Ah bon, tu es malade ? lance spontanément Jessica à Brigitte en tournant la tête vers elle, stupéfaite.

Regard interloqué de l'amie.

— Tu peux aller t'allonger si tu veux, ne te gêne pas, insiste-t-elle.

— Non, mais, ça va...

— Je comprends, ne t'en fais pas, on n'est pas bien quand on a de la fièvre.

— Mais tout va bien, je t'assure !

— Ah bon ? Jérôme vient de te demander si tu avais de la fièvre...

— Mais non, intervient celui-ci, je lui ai dit *t'as la chaise*, parce qu'elle est assise sur le tapis !

— Ah ! J'ai compris *t'as d'la fièvre !* réalise Jessica.

— Entre *t'as la chaise* et *t'as d'la fièvre,* rien à voir, poursuit Jérôme, en entraînant l'assemblée dans un rire communicatif.

Et voilà, Jessica s'est encore une fois emmêlé les pinceaux !

Parfois, ses confusions associées à sa spontanéité la font passer pour une personne naïve. Hélène, une amie de Jessica, vient d'exposer en détail ses secrets de fabrication de décorations de table imaginées autour de différents thèmes : automne, Noël, Pâques et rentrée des classes. Ses explications sur sa boîte « écolier » ont été ponctuées d'interrogations et remarques enthousiastes de la part de son auditoire. Prise une nouvelle fois dans ce va-et-vient de questions-réponses, Jessica ne sait plus où donner de la tête, des yeux et des oreilles ! Bien sûr, seule la moitié des échanges a été audible pour elle. C'est à la fin de la conversation qu'elle se prend alors les pieds dans le tapis à propos de quatre innocents petits crayons de couleur assemblés côte à côte faisant office de porte-couteau :

— Mais, ils tiennent comment les crayons ?

Hilarité générale !

— Par l'opération du Saint-Esprit ! ironise un invité.

— Répondez-moi !

— Ben voyons, Jessica, ils sont collés !

Évidemment. Je vais passer pour quoi, moi ? Non seulement je ne comprends rien mais en plus mon cerveau embué ne sait plus ce qu'il dit. Réjouis-toi, Jessica, au moins tu es attendrissante par ton naturel et ta fraîcheur tout enfantine !

« Le chef vous propose un mille-feuilles d'écrevisses sur un lit de girolles marinées au porto, puis ce sera... » Et c'est reparti pour un tour ! « Le chef vous propose gna gna gna, gna gna gna ! Elle ne peut pas articuler, nom d'une pipe ! Il a fallu que je tombe sur la seule serveuse de tous les restaurants gastronomiques de la région, que dis-je, de France et de Navarre (bon, c'est vrai, j'exagère un peu) qui ne desserre pas les dents : l'enfer ! Quelle plaie ces lèvres qui ne bougent pas, ces voix qui ne sortent pas, heurtant ce rempart émaillé qui ne cède même pas à la pression de l'air ! Ouvrez vos bouches, libérez vos mots qui étouffent, enfermés dans cette cavité ! Par pitié ! »

Avec une patience infinie, Jessica attend la fin du discours qui, faute de lui mettre l'eau à la bouche, l'agace au plus haut point. Son estomac gargouille et cette description détaillée de chaque mets, sans aucun doute délicieux, l'embête : elle a faim !

Premier plat : mystère et boule de gomme… Traduction s'il vous plaît ! « En fin de compte, on mange quoi ? » demande-t-elle à son mari qui lui restitue bien en face ce qu'il a retenu (mais pas tout, tant les recettes sont faites d'une alchimie complexe de produits).

Une aventure culinaire commence pour elle lorsqu'elle déguste des mets au restaurant, car ce genre de situation lui arrive plus souvent qu'on ne le croit. Pas toujours rassurée (les chefs ont souvent des idées originales mais aussi, avouons-le, quelquefois un peu bizarres), elle goûte du bout des lèvres avant d'attaquer à pleine fourchette le contenu de son assiette. Bon appétit, Jessica !

Toute contente de faire une surprise à son cher mari, Jessica a acheté des places pour un concert de Jean-Louis Murat, chanteur qu'il apprécie beaucoup. Régulièrement, ils aiment s'étonner l'un l'autre en se concoctant, en cachette, un week-end à Paris ou en Ardèche, ou bien encore en organisant une soirée en amoureux, le tout dans le plus grand secret, laissant planer le mystère jusqu'au bout. Des contraintes leur sont cependant imposées pour que Jessica puisse profiter de certaines sorties, comme c'est le cas pour le concert ou le cinéma : être à une distance lui permettant d'entendre suffisamment, sans être trop près non plus pour ne pas subir des désagréments sonores ou visuels. Il leur faut aussi être très en avance pour pouvoir choisir leurs places quand celles-ci ne peuvent pas être achetées préalablement ou quand leur emplacement ne peut pas être choisi et réservé. Si Jessica est au fond de la salle, c'est l'assurance, pour elle, d'un fiasco total !

Ce soir, confiante, elle emmène son bien-aimé, ses billets numérotés en poche. Cette fois-ci, donc, pas besoin de poireauter devant l'entrée pendant une heure. Elle a bien demandé à être vers le devant de la scène sans exiger le premier rang, pris d'assaut par les fans. Pas de plan de salle. Elle a dû se fier à l'employée des réservations, la laissant juge des sièges censés correspondre à ses exigences.

Bras dessus, bras dessous, le couple se dirige vers un bâtiment. Jessica entretient le suspense qu'elle ménage le plus longtemps possible avec jubilation.

— Tu ne te doutes pas de l'endroit où l'on va ?

— On est à Chambéry mais je ne vois pas ce qu'on vient y faire.

— Tu ne devines pas ?

— Ben, non, on va au resto ?

— Eh non ! Regarde autour de toi.

— Il y a des bâtiments, une grande rue, des gens, mais... Je ne sais pas.

— Ah, ah, c'est super, ce sera donc la surprise jusqu'au dernier moment !

— Tu me fais mariner, là !

— Oui, justement, c'est ça qui est drôle : plus on attend, meilleur c'est ! continue-t-elle avec une pointe de sous-entendu coquin.

Puis, s'approchant de l'entrée du théâtre, arrive le moment de la révélation :

— On va écouter un concert ! C'est ça, j'ai deviné, c'est un concert ! C'est mon chanteur ou mon groupe préféré ?

Ce n'est qu'une fois devant l'affiche géante que son mari comprend. Les yeux écarquillés, il s'exclame :

— Génial, tu as réussi à avoir des places pour Jean-Louis Murat ?
— Eh oui, pas mal, qu'est-ce que t'en penses ?
— C'est super ! Merci !

Avec le regard brillant d'un enfant qui vient de découvrir son premier vélo, son homme arbore une banane traversant son visage de part en part.

— Allez, on y va, j'ai des places réservées, lance Jessica plutôt fière de son coup, explosant de joie tout autant que son mari. Lui faire plaisir la réjouit comme si c'était pour elle.

Dans un brouhaha indescriptible de spectateurs cherchant leurs places, le couple scrute des yeux le numéro de dossier des chaises jusqu'à se rendre à l'évidence :

— Non, ce n'est pas vrai, elle n'a pas fait ça !
— Je crois que si...
— Malheur, on est au premier rang !
— Oh, ce n'est pas grave, essaie de minimiser son mari pour ne pas la décevoir.
— Mais si, c'est grave : on va être sourds !
— C'est le cas de le dire, ironise-t-il devant cette lapalissade.
— Non seulement moi je vais perdre le peu qu'il me reste, mais toi aussi tu vas ressortir avec deux bouchons à la place des oreilles !

— Mais non, continue-t-il pour la rassurer.

— Je ne vais jamais supporter le bruit, les enceintes sont juste à côté de nous : l'horreur !

« Adieu mes pauvres cellules ciliées rescapées, vous n'allez pas survivre à l'armée de décibels qui va foncer sur vous... »

— Ne t'inquiète pas, on va trouver une solution, lui suggère son tendre et cher d'une voix si gentille qu'elle ne peut que s'en remettre à lui.

— Ah oui, laquelle ? Je ne vois pas...

— Tu n'as pas tes boules Quiès ?

— Ah, mais si, tu as raison ! J'en ai toujours dans mon sac au cas où mes tympans se feraient agresser par une bande de voyous sonores violents ! Oui, mais toi, tu vas faire comment ?

— Moi, mes oreilles sont... euh... normales !

— Parce que moi, je ne suis pas normale peut-être ? rétorque-t-elle moitié piquée au vif, moitié ironique.

— Non, toi, tu n'es pas normale... tu es exceptionnelle ! termine-t-il en lui redonnant le sourire.

C'est donc enfoncée dans son fauteuil, comme pour se reculer au maximum de la scène d'où des notes sont vociférées (au cas où l'assemblée serait uniquement composée de sourds, sait-on jamais), avec ses bouchons d'oreilles et la peur au ventre de ressortir de cette salle les tympans arrachés, les cellules ciliées ratatinées, le nerf auditif anéanti et le pauvre marteau inutilisable que Jessica passe la soirée. Faut-il qu'elle soit amoureuse pour supporter ce supplice en serrant la main de son mari (et les dents), lui décrochant un sourire ultrabrite naturel (mais crispé de l'intérieur) afin qu'il profite de son concert sans être inquiété le moins du monde ! Ah, c'est beau l'amouuuuuuur !

Toujours est-il qu'ils ont passé une bonne soirée, au ras des pieds du chanteur, n'échappant à aucune note (même susurrée). Quelle belle surprise, assis aux premières loges, d'avoir pu profiter des sons électriques des guitares et des spots aveuglants de la scène !

Dehors

Lorsque Jessica passe le seuil de sa porte, sa vie devient vite une expédition. Elle n'est pas dans la jungle à se frayer un chemin à la machette mais... pas loin parfois !

Si la voiture est déjà une source de danger en général, pour Jessica, les risques sont décuplés. Elle conduit comme n'importe quelle femme lambda, mais elle ne perçoit pas tous les bruits de la route aussi rapidement et aussi facilement que les autres. Quand un véhicule arrive par-derrière, elle ne l'entend qu'à la dernière minute, et quand il s'agit d'un fou furieux déboulant à toute allure, là, le problème peut devenir franchement dangereux. Pourtant, elle regarde bien dans son rétroviseur, mais il arrive qu'un bolide surgisse d'on ne sait où et la double à fond de train. C'est alors qu'elle fait un bond dans l'habitacle, une embardée sur la route, saisie par ce vacarme imprévisible, par ce vrombissement qui la frôle, dont elle n'a pas pu anticiper l'approche.

« Mais il est dingue ce mec, il a failli m'envoyer dans le fossé ! Qu'il se tue si ça lui fait plaisir, mais pas en entraînant les autres avec lui ! »

Jessica est fumasse : c'est qui ce danger public ? Son cœur bat à cent à l'heure, ses mains ont la tremblote, elle transpire tout ce qu'elle peut. Elle a eu chaud aux fesses ! Une fusée l'aurait doublée à une vitesse intersidérale qu'elle n'aurait pas été plus surprise !

« Et le code de la route, c'est pour les chiens ? Et la limitation de vitesse, on s'en balance, hein ! »

La peur la rend colérique, insultante, vulgaire. Elle se défoule alors dans son sas de décompression qu'est la voiture (uniquement quand elle est seule) et se permet tous les écarts de langage. Quel bonheur de pouvoir crier à tue-tête les pires injures au monde entier !

« Eh, mon gars, tu sais pas lire ? C'est marqué 70, on t'a rien appris à l'école ? C'est chacun pour soi, c'est ça ? Tu sais ce qu'on dit ? Macho au volant, petite b... ! »

Ah ! Qu'est-ce que ça fait du bien !

Même scénario avec les motos, mais là, en plus, on ne les voit pas toujours bien dans le rétro car elles sont cachées par d'autres voitures bien rangées devant elles sur la route. Alors qu'elle conduit tranquillement, le fameux coup de frayeur vient la faire sursauter : une moto, lui cassant les oreilles, double comme une flèche à côté d'elle. Le motard, tout content de lui, tend alors sa jambe pour lui dire merci. Ce qui est le plus marrant dans l'histoire, c'est qu'il remercie Jessica de s'être soi-disant poussée sur la droite alors qu'elle n'a pas bougé d'un pouce ! Et pour cause : elle ne l'a pas entendu venir !

« Alors là, c'est du grand n'importe quoi ! Je ne t'ai pas laissé passer mon coco, pas la peine de dire merci bêtement ! Quand je pense qu'il ne fait même pas la différence entre celui qui se la joue automobiliste sympa, solidaire des motos qui ne respectent pas les limitations de vitesse, et celui qui s'en fout des deux roues qui prennent des risques et en font prendre aux autres ! »

Croyant l'épisode terminé, Jessica se reprend et poursuit sa route : c'était sans compter sur l'esprit motard ! On roule en clan, en bande, on est de la même espèce nous autres... Dans la foulée, elle voit surgir une, deux, trois, dix autres bécanes. Seulement, elle, elle ne peut pas savoir quand la file indienne va s'arrêter puisqu'elle n'entend pas les sons qui arrivent depuis l'arrière.

Pffff... c'est pas bientôt fini ce défilé ?

Autre inconvénient de ne pas capter les sons venant dans son dos : la difficulté de se comporter en automobiliste civilisée et respectueuse lorsqu'il s'agit d'une ambulance, de pompiers ou de policiers.

Au tout début de son expérience de conductrice, Jessica ne comprenait pas certaines pratiques de ses compatriotes.

« Mais qu'est-ce qu'ils font tous ? Ils se décalent à droite. Pourquoi ? Pour me laisser passer ? Ça m'étonnerait. Parce que le premier a donné l'exemple et que les autres font les moutons de Panurge sans essayer de comprendre ce qui se passe ? Ça m'étonnerait aussi. Mais alors, pourquoi ? »

Avant même d'avoir le temps de poursuivre sa réflexion, Jessica se retrouve seule sur sa moitié de chaussée, comme une extraterrestre parachutée au beau milieu de la circulation, hébétée et angoissée par l'incompréhension qui la tenaille.

Elle a l'impression d'être Sam interprété par Scott Bakula dans la série « Code Quantum » quand il se réveille perdu et désemparé à une autre époque pour résoudre un problème au sein d'une situation dont il ignore tout ! « Oh, bravo ! » (dixit Sam).

Après un court moment d'absence, Jessica réalise subitement qu'une ambulance vient de la doubler... « Mais qu'est-ce que je fais là ? Ah ! C'était donc ça ! » Comme sortie de sa torpeur par un électrochoc, elle se déporte, elle aussi, sur la droite, enfin disciplinée, pour laisser le passage libre (ce n'est pas un peu tard ?) à la voiture blanche qui fonce pour tenter de sauver une vie.

« J'ai honte, je vais être cataloguée d'anti-solidaire et de rebelle cynique ! »

Le rouge aux joues, Jessica se sent observée comme une criminelle qui aurait osé empêcher le secours à une personne entre la vie et la mort. Prise de paranoïa, elle imagine des centaines de paires d'yeux braquées sur l'arrière de sa tête, d'autres rivées sur les rétroviseurs intérieurs des véhicules de devant, la scrutant dans l'espoir d'identifier la conductrice mi-dégénérée, mi-inconsciente qui a failli barrer le chemin aux ambulanciers ! Plus elle avance, plus elle se ratatine sur elle-même jusqu'à devenir la plus petite possible, le dos rond pour se fondre dans son siège auto. Maintenant, elle a bien retenu la leçon, et chaque fois que le ballet des voitures recommence, elle se glisse dans la danse, docile et fière de participer à un sauvetage humain.

— Dis donc, Jessica, tu n'arrêtes jamais ton clignotant ?

« Hein ? Quoi ? Quel clignotant ? »

Voilà dix bonnes minutes qu'elle est censée tourner à gauche !

— Mince, il y a longtemps qu'il fonctionne ? demande-t-elle au passager de sa voiture.

— Euh... Oui, quand même...

— Ah... mais j'ai compris : on n'a pas tourné à gauche depuis la sortie du village.

— Oui, en effet, mais en principe, on enlève le clignotant une fois qu'on a tourné, surtout quand il n'y a plus aucune voie sur la gauche !

Les chauffeurs situés derrière elle doivent attendre la prochaine intersection ou se demander, peut-être, qui est cette fille qui ne sait pas conduire.

Elle les imagine d'ici : « Ah, c'est une femme, pas étonnant ! ». Et non mon p'tit gars, la femme en question conduit très bien, figure-toi !

Personne ne peut penser qu'elle a toujours son avertisseur parce que depuis son dernier virage à gauche elle ne l'entend pas et donc ne l'enlève pas. Qui imaginerait un tel scénario ? C'est vrai qu'elle aurait pu s'en souvenir mais elle ne peut pas avoir la tête partout. Les autres automobilistes n'ont pas besoin de garder chaque geste en mémoire, c'est du gâteau pour eux. C'est trop injuste !

Pour clore l'épisode voiture, il convient de parler des échanges verbaux à l'intérieur de l'habitacle. Si Jessica est au volant, sa bonne oreille, la droite, celle qui a le plus de restes auditifs mais n'est pas parfaite pour autant, est bien placée. Avec un gros effort et si la personne parle un peu fort, elle arrive à soutenir une conversation. Si, par contre, son voisin marmonne, elle est perdue, frustrée et ne peut empêcher le réflexe de sa tête qui tourne pour regarder les lèvres situées près d'elle.

— Eh, regarde où tu vas !

— Oui, oui, c'est bon, je maîtrise ! répond-elle alors énervée d'être prise en faute parce qu'elle ne garde pas sa ligne. Elle peste de ne pas être aidée davantage.

Car il est une chose que beaucoup ne saisissent pas : elle entend mais ne comprend pas. Elle entend un magma sonore qui ne veut rien dire, puisqu'elle ne distingue pas les mots qui devraient lui permettre une bonne communication, et donc ne comprend pas ce qu'on lui dit.

Lorsque le passager situé à l'arrière se met à discuter : panique à bord ! La voix vient de derrière. Halte-là ! Soit on s'approche de son oreille, soit on se tait ! Parfois, elle prend des risques inconsidérés et ses yeux se baladent entre la route et le rétroviseur intérieur afin de distinguer les lèvres qui gesticulent en vain.

Ouh la la, ils ne se rendent même pas compte que je ne peux pas tout faire à la fois : conduire, me concentrer sur leur causerie et trouver une solution avec mes yeux pour pouvoir m'intégrer à la conversation !

Si Jessica est à la place des passagers arrière, elle est dans le brouillard une fois de plus : entre le ronron du moteur, les voix des places avant projetées vers le pare-brise et les visages invisibles, elle est en plein naufrage ! Pour peu qu'en plus, la radio ou un disque couvre le tout, elle préfère s'isoler dans son coin, hypnotisée par le défilé du paysage comme une vache, l'air hagard, qui regarderait passer les trains !

Bon, laissons-là la voiture et mettons un peu le nez dehors.

Quand Jessica est sortie de chez son audio-prothésiste avec, pour la première fois, des appareils auditifs installés sur les oreilles et qu'elle s'est hasardée dans le grouillement urbain, elle s'est transformée en Zébulon ! Sa toute première virée appareillée dans les rues de la ville a été un épisode marquant mais aussi merveilleux. Imaginez : d'un coup, vous entendez tous les sons plus forts et surtout vous en découvrez de nouveaux, totalement inconnus de vos neurones aux aguets !

Les voitures prennent subitement des allures de tanks, les mobylettes, de pétards un soir de quatorze juillet, et les motos, d'avions à réaction ! Jessica est étourdie par tant de bruit : mais comment font les gens pour supporter un tel niveau sonore ? Comme quoi, l'humain a une capacité d'adaptation extraordinaire...

Quand même, que de nuisances pour ceux qui habitent ici !

Jessica poursuit son exploration auditive avec courage et curiosité : c'est très bizarre de découvrir le monde avec des oreilles toutes neuves. Poursuivant sa route, elle décide d'entrer dans un grand magasin. C'est à ce moment-là qu'elle devient un vrai Zébulon... Les claquements de portes amplifiés la font sursauter, tout comme les voix, les *tic-tic* des boutons des caisses enregistreuses ou les *clap-clap* des chaussures sur le sol en parquet des personnes annonçant leur arrivée d'un pas affirmé, assorti d'un coup de talon vigoureux et retentissant.

Elle ne sait plus où donner de la tête ! Il faut que son cerveau la suive : voilà le problème. Car en effet, si ses yeux voient la provenance du son, elle associe instantanément celui-ci à son objet ou son origine, mais si elle ne sait pas d'où provient la source sonore, alors là, son cerveau doit essayer de comprendre de quoi il s'agit et s'embarque dans une véritable enquête policière digne du *Cluedo* !

Madame Pervenche est en train de regarder les robes (bleues) tandis que mademoiselle Rose vient d'essayer des stilettos (roses) en faisant mine de savoir tenir debout alors qu'elle est à deux doigts de s'étaler de tout son long au beau milieu du magasin (la honte !). Le colonel Moutarde donne son avis sur le sac (jaune) que sa femme admire avec envie proférant moult sous-entendus (non entendus !) pour se le faire offrir par son tendre époux visiblement hermétique à ses yeux doux et sa voix suave !

Bon, le bruit de tout à l'heure ne ressemble pas à ceux-là... Car Jessica doit apprendre à reconnaître les sonorités que son cerveau n'a pas encore pu mémoriser faute de les avoir entendues.

Celui-là est aigu, un peu strident, sec et court... Voyons voir... Oui, c'est ça ! Le *gling-gling* qui la fait tressaillir et bondir comme une puce, c'est le cintre métallique qui cogne sur le portant tout aussi métallique, lorsqu'on le remet en place ! Mais ça fait un bruit d'enfer ce truc-là ! Jessica est prise d'une subite vague de compassion pour les pauvres vendeuses et vendeurs qui supportent ces impacts énervants toute la journée : finalement, c'est plutôt pas mal par moments de ne pas tout entendre avec la même puissance que la normale... Curieusement, certains frémissements du tissu qu'on palpe ou froissements de la chemise qu'on tourne et retourne pour la détailler sous toutes ses coutures arrivent jusqu'à ses tympans. Question de fréquence sans doute...

De retour au beau milieu du vacarme de la rue, Jessica commence à fatiguer : il n'y a donc pas un seul instant de répit ? Jamais un tout petit peu de silence ? Du bruit encore et toujours, tout le temps... C'est invivable ! Par malchance, elle croise des ouvriers qui creusent le sol de leur marteau-piqueur : in-sup-por-table ! Non seulement ce tapage est bien au-dessus du seuil audible pour l'oreille humaine sans provoquer de dégâts, mais pour elle, le désagrément est doublé d'une douleur intense due à ses acouphènes : l'hyperacousie. Elle est alors contrainte d'enlever ses prothèses et de se boucher les oreilles. «Le barouf de ces machines va me détruire le peu qu'il me reste !»

Elle se souvient avoir ressenti une telle gêne lorsqu'elle habitait, enfant, non loin d'un aéroport et que des avions survolaient sa maison. Elle était obligée de boucher ses oreilles de ses index quand elle s'amusait dans le jardin. La vie s'organisait pourtant autour de ces survols réguliers à raison d'un engin toutes les trois minutes, de six heures du matin à onze heures du soir ! Si la télévision était allumée, alors l'émission prenait l'allure d'un film muet : le son s'évanouissait le temps du passage de l'avion au-dessus de la maison, mettant en vibration les murs et fenêtres par la même occasion. Difficile de suivre un programme dans de telles conditions ! Le décollage était plus pénible encore que l'atterrissage : on imagine aisément l'environnement sonore des mois d'été ! Le pire venait du Boeing : une déflagration terrible et inhumaine, comme une annonce de fin du monde pour un non-initié ! Nul doute que ces agressions sonores ont contribué à la perte auditive de Jessica... Heureusement, elle a changé de région et bénéficie maintenant de moments d'apaisement silencieux.

Dehors, personne ne se doute que vous avez des difficultés à entendre, sauf si vous êtes un garçon ou une fille aux cheveux courts. Aujourd'hui, certains appareils sont de taille si petite qu'ils se logent derrière le pavillon de l'oreille et deviennent quasiment invisibles, surtout si les cheveux les recouvrent. Le souci de la discrétion va jusqu'à colorer les prothèses en marron ou gris (clair ou foncé), noir ou encore blanc. Génial pour la personne qui les porte ! Parfois, cependant, l'entourage oublie votre malaise et fonctionne avec vous comme si vous étiez doté de la même audition que lui.

— Bonjour Jessica, on t'a attendue hier soir !

— Hein, quoi ? Vous m'avez attendue où ?

— On prenait l'apéritif à la maison, tu ne te souviens pas ?

— Comment pourrais-je m'en souvenir, je n'étais pas au courant !

— Mais si (mais non !), je te l'ai dit il y a deux jours !

— On s'est vues, en effet, mais tu ne m'as rien dit...

— Ah si, je m'en rappelle, je t'ai même confirmé qu'il y aurait aussi Jean-Claude et Michelle.

— ...

— Tu as oublié, c'est ça...

— Mais pas du tout, ce n'est pas le genre d'information que j'efface de ma mémoire !

— C'est pas grave, tu sais, ça peut arriver à tout le monde d'oublier...

«Elle commence à m'énerver avec ses suppositions : je n'ai pas oublié, je sais ce que je raconte quand même ! Pourquoi me prend-elle pour une écervelée ? Je ne suis peut-être pas tout à fait finie, d'accord, mais il y a des moments où je suis sûre de ce que j'avance !»

— Tu m'en as parlé à quel moment exactement ?

— Quand on discutait sur le parking de l'immeuble.

— Oui, ça, je m'en souviens quand même (je ne suis pas complètement idiote, mon unique neurone s'active de temps en temps !)

— Eh bien, quand tu partais pour rentrer dans l'immeuble, je t'ai donné rendez-vous pour vendredi soir à dix-huit heures trente.

— Ah, ça y est, j'ai compris ! Tu m'as parlé quand j'avais le dos tourné, c'est ça ?

— Oui, je crois (tiens, elle aussi elle a oublié ? Je ne suis donc pas la seule à n'avoir qu'un neurone qui tourne ?). Quelle importance ?

— Eh bien, vois-tu, quand on me parle dans le dos, je n'entends pas.

— Ah bon ? (Tu le découvres ma cocotte ? On en a déjà parlé pourtant me semble-t-il ...)

— Ben, oui... Juste pour rappel : j'entends mal...

— Je sais mais je pensais que tu avais capté le

message... (Ben voyons... J'ai réagi ? J'ai répondu ? J'ai dit : « d'accord » ? Alors, qu'est-ce qui prouve que j'ai enregistré ? Et toc !)

— Non, je n'ai pas entendu.
— Oh, ce sera pour une prochaine fois.

Et voilà comment on balaie d'une phrase la déception de Jessica, son agacement de ne pas être comprise et de ne pas être crédible alors qu'elle dit la vérité : les boules !

Dans le même genre, Jessica a vécu une autre mésaventure au cours de laquelle elle est passée pour une femme distraite alors qu'elle ne l'était pas du tout.

Il faut être un malentendant confronté à l'épreuve du plexiglas pour comprendre le souci que provoque cet obstacle. Cette barrière estompe un peu plus la voix déjà mal perçue. Le reflet peut également perturber la vision et donc la lecture labiale. Faites un effort et essayez d'imaginer le calvaire pour ces appareillés ou ces implantés dans notre monde actuel où les barrières à la compréhension du langage sont multipliées ! Affronter chaque jour les parois de protection antivirus, dans les magasins ou autres lieux où vous devez être séparé physiquement de l'autre, est une souffrance quotidienne pour une personne malentendante. Que dire du masque de protection ? Utile et indispensable, cela ne l'empêche pas d'être la croix du sourd ou du malentendant ! Comment comprendre quand on ne peut pas lire sur les lèvres et s'aider des expressions du visage ?

Un masque astucieux, spécial malentendant, a été créé (quand quelqu'un s'est penché sur l'immense problème posé par ce cache-bouche pour une partie de la population). Cependant, bien peu ont réalisé qu'il ne s'agissait pas de le faire porter aux malentendants mais bien plutôt à toutes les autres personnes ! Il aurait juste fallu y penser dès le départ et distribuer en priorité ce fameux masque inclusif et sa partie transparente au niveau de la bouche...

C'est donc retranchée derrière sa barricade que l'employée au guichet s'adresse à Jessica comme à une femme légère, rêveuse et un peu niaise tout de même.

— Ça fera neuf euros cinquante.
— Comment ?
— Ça fera neuf euros cinquante, répète-t-elle plus fort et sur un ton déjà agacé.
— Désolée, je n'ai pas entendu.

Et là, la femme, qui a à peine levé les yeux sur Jessica, lance la phrase qui tue :

— Ah, la p'tite dame, elle est dans la lune !

«La p'tite dame, elle te dit bien des choses !»

— Non, je ne suis pas dans la lune, je n'ai pas entendu.

— Ah, mais vous avez le droit d'être dans la lune !

— Je ne suis pas dans la lune, je suis malentendante !

Seul moyen de s'en sortir, lâcher le mot magique : ma-len-ten-dan-te !

«C'est quand même terrible que les gens ne veuillent pas me croire quand je réponds quelque chose ! Je n'ai pas d'autre solution que d'afficher mon truc en moins pour devenir crédible : c'est la misère !»

Si vous êtes dans la peau d'une personne travaillant derrière son rempart en plastique, qui plus est avec camouflage antivirus, pensez aux personnes qui ne vous comprennent pas parce qu'elles n'entendent pas comme vous : elles ne sont ni sottes, ni tête-en-l'air, ni bouchées ! Elles ont peut-être tout simplement un handicap auditif...

Les câlins

Ah, voilà un sujet croustillant ! On a tous besoin de câlins : doux, tendres ou passionnés. Il y a le *câlin McDo*, court, urgent et vite consommé ; le *resto sympa* où l'on prend son temps, mais pas trop quand même avec préliminaires rapides, action et conclusion... sympa, quoi ! Les soirs de fête, il y a *le quatre,* voire, *le cinq étoiles* avec sourires et caresses suggestives au préalable, effeuillage lent, excitation dix mille volts dans le vif du sujet et explosion finale qui fait grimper aux rideaux ! Jessica mange à tous les râteliers avec son mari, ce qui la contente et la fait voyager au septième ciel !

Je vous entends d'ici... Vous allez me dire : en quoi le fait d'être malentendante peut-il gêner Jessica dans ses ébats amoureux ? Les discours ne sont pas indispensables (les gestes parlent d'eux-mêmes), pas besoin d'entendre les bruitages à leur maximum (certains sont suffisamment audibles), les mots susurrés, telles des ondes sinueuses, sont tellement près de l'oreille qu'ils y entrent sans effort en se faufilant à l'intérieur. Alors, qu'est-ce qui peut bien coincer ?

Les petits moments de bonheur de l'après-repas, Jessica les adore. Une fois que la table est débarrassée, la vaisselle rangée dans le lave-vaisselle et la nappe secouée, son plaisir à elle est de se lover au creux des bras de son bien-aimé, la tête posée contre son torse où elle est comme dans un cocon protecteur. Elle sent sa main d'homme sur sa hanche et ça la fait frissonner : elle trouve ça terriblement érotique... Elle cherche alors la bonne position. La tête pas trop pliée pour ne pas avoir mal au cou, elle se cale sur sa pommette et sa tempe tout en essayant de garder un angle lui permettant de voir les informations télévisées.

Là, le problème commence... Car dès que ses appareils entrent en contact avec le corps de son homme, ils sifflent ! Super comme situation de rapprochement ! Non seulement elle en prend plein les tympans mais elle perturbe l'écoute de son mari. Débute alors une série de levers de tête, reposes de tête tout petits et rapides afin d'obtenir la position idéale où toutes les conditions vont être réunies. Parfois, et on le comprend, son patient de mari perd patience :

— Jessica, tu peux arrêter de bouger comme ça ?
— Mais je cherche ma position !
— Oui, mais tu n'arrêtes pas de gesticuler !
— Désolée, mais je ne trouve pas ma position...
Un vrai dialogue de sourds !!!

Finalement, elle sent le bras masculin se dégager doucement pour revenir à sa place naturelle et, déçue, elle se rassoit sur sa banquette, disant adieu à son moment de tendresse préféré.

Parfois, c'est elle qui en a assez de se tortiller comme un ver dans l'espoir de détecter l'emplacement super confort.

— Oh, j'en ai marre, je n'y arrive pas !
— Oui, je vois ça...
— Ça m'énerve, je siffle comme une bouilloire à chaque mouvement, mais si j'enlève mes appareils, je ne comprends plus rien : je n'ai aucune solution ! L'impasse !
— Remets-toi droite, ça ira mieux.

«Oui, mais moi, je ne voulais pas me remettre droite, il en a de bonnes ! C'est la solution de facilité et elle ne me convient pas, à moi, la solution de facilité ! Je suis frustrée et tout ça à cause de ces foutues "portugaises" ensablées ! Ras-le-bol !»

Quand c'est le moment, c'est le moment ! Parfois, allez savoir pourquoi, l'envie vous prend subitement, d'un rapprochement, d'un besoin de contact ou de chaleur humaine, comme ça, sans prévenir, même dans des situations totalement incongrues ! Dans ces cas-là, la pulsion n'attend pas et on lâche tout : l'émission de télé préférée (on serait quand même bien allé au bout, mais bon, il faut savoir faire l'impasse quelquefois...), la vaisselle (avec les mains pleines de mousse), le livre dans lequel on est plongé et qu'on envoie valser dans la pièce (après quoi on ne va plus retrouver la page perdue dans le tumulte) ou encore le repas à peine terminé (le yaourt perlant sur le coin de la lèvre) ! Dans ces cas-là, Jessica perd la boule, la notion du temps, sa conscience... Son cerveau se concentre à deux cents pour cent sur l'action, les sensations et elle ne répond plus d'elle-même !

Emportée dans un tourbillon, sous l'emprise de ses sens, Jessica oublie tout en un instant : le travail, sa liste de « choses à faire », ses éventuels soucis et... ses oreilles ! Elle se pelotonne avec volupté au creux des bras de son homme, s'abandonnant tout à fait. Elle n'est plus qu'un corps sensible, sans raison pour le contrôler. Elle lâche prise et se délecte de ce plaisir que la vie leur offre et dont il serait bien dommage de se priver. Jessica se glisse dans la peau d'un être non pensant, suit son instinct animal et se déconnecte totalement du présent.

Cependant, c'est sans compter sur le *zuit* strident qui la replonge brutalement dans la réalité. En un millième de seconde, ses neurones se rebranchent et la ramènent sur terre sans ménagement. « Mince, j'ai oublié d'enlever mes oreilles ! » Eh oui, Jessica, quand on appuie sur tes appareils, ils sifflent ! Sans répliquer pour ne pas trop rompre la magie de l'instant, son partenaire attend patiemment qu'elle ôte ses "deuxièmes oreilles" et les pose sur le premier meuble qui lui tombe sous la main. L'action peut alors se poursuivre normalement sans être interrompue. Ce n'est qu'une fois après avoir repris leurs esprits que son mari commente la situation : « Tu es la seule femme que je connaisse qui siffle en faisant l'amour ! », lui chuchote-t-il malicieusement.

Peut-être pas la seule... Quand même, peu d'hommes doivent connaître ce genre de situation. « Au moins, grâce à moi, il en aura vécu une vraiment inédite ! »

— *Ch ch sss...*
— Quoi ?
— *Ch ch sss...*
— Bon, c'est pas grave...

Le contexte se complique quand l'idée vient à son bien-aimé de lui susurrer quelques mots pendant son affaire, et il est plutôt rare que lors de ces épisodes de bonheur fougueux, on pense à articuler, à se placer en face pour que l'autre puisse lire sur les lèvres ou même que l'on crie à tue-tête les gentillesses qui viennent spontanément ! Cependant, si elle n'a plus ses prothèses, comment peut-elle déchiffrer la moindre parole prononcée faiblement, aussi douce soit-elle, en pleine inhibition cérébrale, empêchant, de surcroît, toute concentration ? Pour peu que ledit bien-aimé l'enserre en se plaçant dans son dos ou qu'il lui parle les yeux dans les yeux, si près qu'elle ne peut voir ses lèvres bouger, Jessica a l'impression d'être repartie au fond de sa caverne. Afin de ne pas gâcher le charme du moment, elle n'insiste pas et tant pis, si, pour une fois, elle ne sait pas de quoi il retourne. C'est bien le seul moment où ne pas comprendre ne l'énerve pas ! Elle imagine le message qui a été prononcé, plein d'affection...

Parfois, une bouffée amoureuse emporte notre homme qui devient très en verve et se met à proférer des *sweets words* à tout va. Très touchée, Jessica ne relève pas mais, quand même, au bout d'un moment, sa curiosité et son envie d'entendre les paroles mélodieuses et caressantes qui lui sont adressées avec feu prennent le dessus :

— Qu'est-ce que tu dis ?

— Je dis...

— Tu peux parler plus fort ?

— Je dis que je t'aime !!!, répond son tendre et cher en haussant le ton, tout en reprenant son souffle.

— J'ai entendu, pas la peine de crier !

Difficile de trouver le bon dosage et le romantisme de la scène en prend un sacré coup !

« All we need is love ! »

Le sport et la nature

Jessica est une adepte de sport depuis son plus jeune âge. Elle affectionne tout particulièrement ceux qui se déroulent en plein air. Il lui faut de l'espace, de l'oxygène pour s'accomplir physiquement.

Pourtant, elle aime bien, malgré tout, suivre des cours de gym, juste pour entretenir sa forme. Quand le temps est maussade, ce qui ne manque pas d'arriver à certaines périodes de l'année, se bouger dans tous les sens pendant une heure, souffler et se dérouiller de partout (enfin presque...) lui permet de se défouler en milieu de semaine et d'évacuer le trop-plein de tensions. La séance est accompagnée d'une musique dynamique qui entraîne ces adeptes du *toutouyoutou* ! Parfois, le prof augmente un peu trop le volume et Jessica ne comprend alors plus rien de ce qu'il raconte. Il dirige ces dames en donnant des explications à tue-tête et Jessica se trouve alors démunie lorsqu'elle part dans le mauvais sens, qu'elle recule au lieu d'avancer ou bien qu'elle continue un exercice sans se rendre compte que tout le monde est passé à autre chose !

Car pour pouvoir regarder les mouvements du maître en la matière, à défaut de le comprendre, elle est obligée de se mettre devant et donc ne peut voir ses collègues en action. Au premier rang, elle se sent scrutée : il est bien évident que ce sont les meilleures, les pros, les fortes qui se placent face au prof à la vue de tout le monde ! Ce que les autres ne savent pas, c'est que ce n'est pas du tout pour ça qu'elle est en première ligne et que c'est bien malgré elle qu'elle joue la super crack en gym, la frimeuse qui se la pète en faisant une démonstration parfaite des mouvements à effectuer alors que toutes les autres en bavent pour faire seulement la moitié du quart de sa performance. Quelle méprise ! La vérité, c'est qu'elle s'adapte comme elle peut...

Jessica a la chance d'habiter à la montagne. Elle aime, tout naturellement, parcourir les sentiers de randonnée à la belle saison et pratiquer les divers sports d'hiver comme le ski alpin, de randonnée ou encore de fond. Là aussi, les inconvénients liés à sa perte auditive sont légion.

Lorsque l'hiver arrive, que la neige recouvre les montagnes, Jessica, dans les starting-blocks, prépare son matériel : fartage, affûtage des skis et vérification des fixations. Elle ressort ses différentes planches d'alpin, de fond, de randonnée, ses bâtons, ses chaussures et place tout ce petit monde devant, dans son garage, bien en vue, prêt à glisser et à l'emmener s'évader vers des horizons blancs.

Comment entendre (et surtout comprendre) quoi que ce soit quand le casque de ski vient couvrir les oreilles et empêche Jessica de garder ses prothèses (en appuyant dessus, le casque lui ferait trop mal) ? En plus de cette couche supplémentaire venant lui obstruer les orifices des conduits auditifs, le vent relatif produit par la vitesse (Jessica déboule comme une fusée) et, parfois, le vent réel, ajoutent un chuintement, brouillant la perception. Le crissement des skis sur la neige fait, lui aussi, un boucan d'enfer de frottement (surtout quand les pistes sont gelées) : l'accumulation des parasites extérieurs plonge Jessica dans des brumes inextricables. Elle se sent isolée du monde alors que ses yeux voient très bien ce qui l'entoure. Le cerveau est alors incroyable : il lui restitue les bruits qui accompagnent les images uniquement par la magie de l'imagination ! Cependant, à part en lisant sur les lèvres, elle ne capte rien, une fois de plus, quand on lui parle. « Hein ? Quoi ? Qu'est-ce que tu dis ? » Elle ressemble à une petite vieille qui tente de suivre la conversation à travers son sonotone !

Quand le téléphone est enfoui dans la poche de l'anorak, qu'il faut s'arrêter, retirer ses gants au risque de se congeler les doigts, sortir le mobile et enfin répondre en le collant contre le casque (si la chance est de la partie et que l'objet ne s'est pas laissé choir dans la neige ou, pire encore, ne s'est pas enfoui sous cinquante centimètres de poudreuse), l'opération est déjà bien périlleuse ! Mais si, en plus, il faut ajouter à cette accumulation d'actions le retrait du casque que l'on ne sait pas où poser, qui risque de rouler jusqu'en bas de la piste, alors là, il s'agit carrément de réaliser un exploit ! Jessica met son portable en vibreur et le colle dans une poche intérieure de sa veste de ski, contre sa poitrine : seul moyen pour elle d'être alertée en cas d'appel, la sonnerie étant totalement muette à ses oreilles. Les efforts demandés pour décrocher, lorsque l'objet se met à frémir, sont colossaux. Dans un excès de courage, lorsqu'elle a passé toutes les épreuves avant d'avoir son appareil collé à l'oreille, elle peut enfin lancer fièrement un « allô ? ». C'est alors qu'elle découvre, dépitée, que son interlocuteur a raccroché, lassé d'attendre qu'elle réponde. Elle n'a plus qu'à dérouler le film à l'envers et tout remballer en fulminant intérieurement...

Quel bonheur de s'installer au chaud dans un restaurant d'altitude, à l'intérieur cosy, où une odeur de fromage fondu vous titille les narines ! Jessica s'est éclatée toute la matinée en dévalant les pistes, en enchaînant les petits virages serrés (ses préférés), ce qui l'oblige à déployer une belle énergie. Elle les alterne ensuite avec de grandes courbes, bien arrondies, qui coupent la piste comme une lame de rasoir. Son challenge ? Toucher la neige du bout des doigts, son corps contrebalançant instinctivement la force centrifuge en se rapprochant du sol.

« J'y arriverai, nom d'un petit bonhomme ! Le curving ne me résistera pas ! Foi de Jessica ! »

On reconnaît bien là son tempérament d'Amazone !

Après de tels efforts (et si, de plus, l'atmosphère est froide), le repas du midi, bien chaud et goûteux, permet de recharger les batteries. Ce moment convivial fait partie du plaisir de la sortie.

Manque de chance, le groupe d'amis avec qui elle et son mari passent la journée, s'aperçoit ce jour-là, que la musique d'ambiance du resto est particulièrement forte.

— Excusez-moi, commence son mari protecteur, en interpellant le serveur, vous pourriez baisser un peu le volume de la musique ? Ma femme est malentendante et elle ne peut pas suivre la conversation.

— Oui monsieur, je m'en occupe, répond aimablement le jeune homme.

Rassurés, les hôtes attaquent leur tartiflette brûlante, tout en conversant joyeusement sur leurs prouesses de la matinée. Cependant, au bout d'un long moment, ils se rendent compte que le son de la radio n'a toujours pas baissé. Décidé à aider sa chère moitié à apprécier l'instant autant qu'eux, son mari rappelle le serveur.

— Je suis désolé, mais est-ce que vous avez pensé à mettre la musique un peu moins fort ?

— Oui monsieur, mais si vous voulez, je peux réduire encore le volume d'un cran.

— Je veux bien, ce serait sympa. Merci.

— Pas de problème.

Hélas, rien ne semble changer, et après un sentiment de colère, Jessica se résigne à manger dans le bruit. Le café avalé, les skieurs, patauds, engoncés dans leurs équipements encombrants, enfilent leurs vêtements afin d'affronter de nouveau les frimas de l'hiver.

Jessica s'étonne d'entendre davantage la musique debout qu'assise. C'est alors que son mari réalise et comprend leur méprise : c'est le téléphone de Jessica qui hurle depuis le début du repas dans une poche de son anorak ! Elle a sans doute appuyé par mégarde sur le mauvais bouton… Les convives étaient trop loin pour savoir d'où provenait le son, mais n'importe qui aurait sauté au plafond si son téléphone avait craché de la sorte depuis la poche de sa veste placée sur le dossier de la chaise ! N'importe qui… sauf Jessica ! Elle ne parvient pas à localiser la provenance sonore, même si celle-ci est à un mètre de ses oreilles. Gênés d'avoir dérangé tout le restaurant et surtout le pauvre serveur à deux reprises, le petit groupe sort rapidement, en catimini, et Jessica arrête enfin le vacarme de son téléphone qui vocifère, le volume à fond !

Ce n'est pas sur le télésiège qu'elle saisira mieux les conversations : penchée en avant pour regarder les lèvres de celui qui parle (et qui est forcément à l'autre bout du long siège six places), elle a beau se contorsionner, l'ami fait figure de poisson rouge ouvrant la bouche au fond d'un bocal ! Non, décidément, n'essaie plus Jessica, écoute le vent qui siffle à tes oreilles, admire le paysage et régale-toi de ta journée de ski !

Même si ses appareils sont étanches et qu'elle peut les garder, c'est un peu comme un ours au fond de sa grotte que Jessica arpente les chemins en été ou en automne, lorsque l'arrière-saison est douce, dans un flou artistique sonore qui la désole.

— Tiens, les mar..., commence son mari.
— Tiens quoi ? questionne Jessica.
— T'as entendu ?
(la bonne blague !)
— Ben figure-toi que non !
— Ah oui, c'est vrai...
— Alors, c'était quoi ?
— On entend des marmottes.
— Le cri des marmottes est aigu et j'ai du mal à le percevoir si elles sont loin.
— Dommage, c'est sympa.

« Oui, dommage pour moi. Je sais que je loupe plein de trucs, pas la peine d'en rajouter ! »

Jessica aime échanger avec son mari sur ses impressions, ses réflexions que lui inspirent ces beaux paysages, ces fleurs et ces animaux qu'elle croise au cours de ses randonnées. Car en plus, c'est bien sa veine, elle est très bavarde et ne peut garder pour elle les émotions qui la submergent. Il faut qu'elle les partage et donc qu'elle tienne une conversation. Si, au moins, elle était du genre à marcher silencieusement ! Mais non ! Elle a un besoin impérieux de parler : une vraie radio ambulante ! Elle refait donc une piqûre de rappel à son homme à chacune de leurs sorties en montagne afin qu'il pense à tourner la tête, au moins sur le côté, pour lui adresser la parole. Il est pratiquement toujours devant elle, ce qui l'arrange, comme ça elle suit sans chercher son chemin. De plus, avec ses grandes jambes, il parcourt vingt centimètres de plus qu'elle à chaque pas, donc, impossible de le coller ! S'il lui dit quelque chose, le son part devant lui et pas en direction de Jessica. « Tourne la tête, je comprends rien ! »

Alors, avec patience et résignation, il s'arrête et se tourne vers elle. Ceci dit, on ne peut pas faire ce petit manège non plus toutes les cinq minutes, sinon, on n'arrive jamais en haut !

— Mais là, on va par où ?

— Écoute Jessica, je t'ai déjà expliqué qu'on partait sur la droite pour atteindre le col et après on longe l'arête !

— Ah, mais j'avais pas entendu...

— Je te l'ai dit au moins trois fois, je vais pas

recommencer une quatrième !

— Tu me l'as dit trois fois, mais j'ai rien compris trois fois !

— Peut-être, mais tu insistes...

— J'insiste parce que je veux savoir par où on passe, ça m'intéresse.

— OK, mais je t'ai déjà expliqué...

— Oui, mais ce que tu n'arrives pas à capter, c'est que comme tu ne t'es pas retourné, ça fait trois fois que tu perds ton temps parce que moi, ça fait trois fois que je ne te comprends pas !

— Bon, d'accord...

— Je n'y peux rien si je ne comprends rien !

« Non, mais c'est vrai ça, c'est de ma faute si je suis née à l'envers ? En même temps, je peux imaginer à quel point ça doit être énervant de répéter la même chose plusieurs fois de suite. Pour le coup, c'est lui que ça énerve mon problème d'audition : les rôles sont inversés ! Un point partout ! »

Dotée d'une perte auditive suffisamment conséquente pour la gêner, Jessica n'a pas accès à certaines fréquences. Elle aimerait percevoir « comme en vrai » le doux son de l'eau qui coule dans le lit du ruisseau, le chant mélodieux et joyeux des oiseaux, le cri strident de la marmotte avertissant ses congénères d'un danger potentiel ou le bruit des pas sur les cailloux. En effet, le craquement des cailloux sous ses pieds lui paraît, à elle, magnifique : « On dirait la mer » a-t-elle l'habitude de dire. Encore plus beau est le crissement des pas sur les gravillons : un délice de petits bruits délicats l'emportant immédiatement au creux d'une vague. Hélas, elle est coupée de tous ces sons caractéristiques de la nature et de son environnement, ces sons qui rendent un lieu vivant et si particulier.

— Tu entends les grillons ?
— Ah, on entend quelque chose ?
— Tu n'entends pas les grillons ?
— Ah non, je n'entends rien, c'est le silence complet pour moi.

Allez savoir pourquoi Jessica capte les claquements des petites cymbales des cigales mais pas les frottements des archets sur les grattoirs des grillons ! Encore une histoire de fréquences et de foutues cellules ciliées qui ont eu la bonne idée de mourir avant l'heure, à moins que ce ne soit la faute de l'intensité du son émis...

Et que dire des sauterelles ? Il paraîtrait qu'elles font du bruit en frottant leurs ailes l'une sur l'autre... Quel dommage d'être privée de ces cadeaux de la nature !

Les voyages

L'Afrique... L'Afrique et ses couleurs ocre, jaune, ponctuées de vert et de l'éclat rose de ses hibiscus. L'Afrique et son odeur de terre qui s'imprègne partout, jusque dans les cheveux. L'Afrique et ses habitants accueillants et curieux. L'Afrique et son atmosphère de création du monde, de berceau de l'humanité, de calme mais aussi de menace.

Jessica garde un souvenir prégnant de son séjour au Niger, comme une parenthèse enchantée et hors du temps. La vie semble s'écouler comme son fleuve Niger sur lequel elle a navigué tout en découvrant, émerveillée, la faune sauvage. Comment ne pas être subjuguée par la vue d'un éléphant, un gros mâle qui plus est, stationné là, juste devant elle. Attirée comme un aimant par cette force de la nature, Jessica n'avait qu'une envie, au mépris du danger : avancer vers lui. Heureusement, ses guides armés, habitués à ce genre de rencontre, veillaient au respect des mesures de sécurité. Comme elle s'est sentie petite lorsqu'elle s'est approchée tout près d'une girafe, animal gigantesque, impressionnant et si gracile !

Pourtant, il lui a manqué un élément indispensable pour que le tableau soit complet, pour qu'elle goûte pleinement l'ambiance particulière de ce continent : l'Afrique et ses bruits. Une lacune énorme quand on pense à la richesse de l'environnement sonore animal : barrissements, croassements, chants d'oiseaux ou cris des espèces sauvages peuplant ce territoire.

Jessica et son amie accostent sur un terrain aménagé d'une rive du Niger. Dans leur barque, tout est prévu : marmites et autres ustensiles chouchoutés par le cuisinier, dindes vivantes qui passeront les unes après les autres à la casserole, couvertures pour les siestes à l'ombre, boissons... Les hommes qui les accompagnent leur préparent une jolie table, un bon repas, un jus d'hibiscus ou du pastis, très bon désinfectant pour les intestins. Bien sûr, ils n'oublient pas de leur installer l'indispensable moustiquaire autour des lits.

— Tu as remarqué quelque chose, Jessica ?
— Remarqué quoi ?
— Tu ne vois rien, là, sur ce terrain ?
— Je vois notre campement...

— Et tu ne remarques pas quelque chose de particulier ?
— Ben non ! Qu'est-ce qu'il y a de si spécial ?
— Il y a dix hommes pour deux femmes !
— Ah, oui, maintenant que tu le dis...
— Ça ne t'a pas frappée ?
— Bof, non. Tu sais, j'ai tendance à faire confiance. Ils sont là pour travailler, ils n'ont pas intérêt à tout perdre en faisant une bêtise.
— C'est vrai mais quand même, on est deux filles au milieu de dix beaux mecs !

Naïve ou trop confiante, Jessica ne s'était même pas interrogée sur la situation.

Maintenant, elles peuvent ranger leurs affaires embarquées et se reposer un peu dans leur case. Pourtant, au bout de quelques secondes, liquéfiées sur place, elles sortent, ne pouvant supporter la chaleur étouffante qui règne à l'intérieur, avoisinant les cinquante degrés.

— On ne pourra jamais dormir là-dedans, lance son amie.
— Oui, il fait trop chaud, on va y rester si on passe la nuit ici.
— C'est vrai que je ne vois pas comment on va pouvoir dormir dans ce four.
— Rien que d'être allongée sur le matelas, je

suis entièrement mouillée sur tous les points de contact ! On va être trempées au moindre geste ! Si on se tourne sur le côté, on va se retrouver dans une piscine !

— Au moins ! On va demander à nos dix hommes de sortir les lits dehors.

— Super idée !

Les chevaliers servants, aux petits soins pour elles, s'exécutent et installent les lits de ces dames à l'extérieur, devant les habitations. Leurs couches ressemblent à celles de deux princesses, même si le confort n'est pas tout à fait le même : lits surélevés pour les isoler du sol, des bébêtes rampantes, ondulantes et glissantes, matelas posé sur des sortes de châssis construits en branches d'arbres et moustiquaires, conférant à cet espace sommeil un air de lit à baldaquin.

Après un copieux repas dont une de leurs dindes a fait les frais (paix à son âme!), tous profitent du calme de la tombée du jour et de la douceur de l'air qui se rafraîchit (enfin, disons qu'il passe de cinquante à trente-cinq degrés !). Le groupe prolonge la soirée autour d'échanges passionnants. Jessica et son amie sont émerveillées par la multitude d'étoiles qui envahissent l'univers tout entier jusqu'à toucher le sol. Il n'y a plus de telles nuits dans nos pays occidentaux. Trop de lumières empêchent de percevoir la pureté du ciel et l'éclat des astres. Le spectacle est grandiose ! L'instant les enveloppe d'une douceur et d'une quiétude infinies.

Il est cependant temps de laisser leurs corps d'aventurières se reposer. Chacune se réfugie sous sa moustiquaire, pauvre rempart contre les potentielles agressions nocturnes sorties de ce décor de nature sauvage. Les guides ont pris soin de laisser des lampes allumées tout autour du campement, formant un cercle lumineux de protection contre d'éventuels visiteurs animaliers. Rassurées, elles s'endorment paisiblement.

— Waouh, j'ai passé une super nuit ! commence Jessica de bon matin en s'étirant. J'ai eu presque froid au lever du soleil mais sinon, j'ai dormi comme un bébé !

— Tu as bien de la chance parce que moi, je n'ai pas fermé l'œil de la nuit... lui répond son amie.

— Pour une fois que c'est moi qui en écrase... ça change : d'habitude, c'est l'inverse. Bon, c'est dommage pour toi.

— C'est bizarre que tu aies si bien roupillé...

— Pourquoi bizarre ? Ça m'arrive quand même de temps en temps !

— Un bon thé me ravigotera avant de reprendre la mer ! ironise son amie.

— Oui... ou plutôt le fleuve ! « C'est pas l'homme qui prend la mer, c'est la mer qui prend l'homme, ta-ta-tin ! », chante Jessica en parodiant la voix du chanteur Renaud.

— En tout cas, toi, tu tiens la forme !

Les deux amies se dirigent vers la belle table dressée dès l'aube par leurs galants accompagnateurs. Le fameux thé, censé sortir la copine de Jessica de ses brumes matinales, est servi ainsi que des galettes cuites au feu de bois. Les langues se délient et chacun parle de la pluie et du beau temps, de ses états d'âme et du programme du jour.

— Dis donc, Jessica, tu as la patate ce matin ! remarque Moussa.

— Wouai, je pète le feu grâce à vous !

— Pourquoi grâce à nous ?

— Parce que vous nous avez sorti nos lits et du coup, je n'ai pas eu trop chaud. Surtout, on n'a rien entendu : le silence absolu. Génial !

Les yeux ronds comme des billes de loto, les membres du groupe se regardent à tour de rôle pour déceler une réaction quelconque chez l'un d'entre eux. Le temps semble suspendu l'espace de quelques secondes, personne ne sachant comment prendre cet aveu de Jessica, ni comment lui répondre sans la blesser.

— Ben, qu'est-ce qui se passe ? Qu'est-ce que j'ai dit de si incroyable ? demande Jessica stupéfaite de la curieuse attitude du reste du groupe.

Brusquement, son amie, ne se contenant plus, se met à éclater de rire, bientôt suivie pas les hommes qui attendaient ce signal pour pouvoir se lâcher.

— Mais qu'est-ce qui vous arrive ? C'est vrai, j'ai super bien dormi parce qu'il n'y avait aucun bruit !

— Oui, oui, on te croit. Justement, lui répond gentiment son amie, c'est pour ça qu'on rit !

— Ah bon ? continue Jessica, l'air incrédule.

Mi-gênée, mi-blessée, elle poursuit afin de comprendre.

— C'est si drôle que ça le silence ici ?

— Mais non, Jessica, ce qui est rigolo, c'est que ce n'était pas du tout le silence ! lui explique son amie prise de pitié, morte de rire à en pleurer.

— Vous avez entendu quelque chose, vous ?

S'esclaffant de plus belle, n'en pouvant plus, sa fidèle copine se décide à lui dévoiler la vérité.

— Il y avait plein de bruit !

— Ah... Lesquels ?

— Alors, on a entendu des buffles, des

grenouilles, des oiseaux nocturnes, des éléphants, des bruits de la forêt : feuillages, branches, vent… énumère-t-elle se tordant maintenant de rire, se tenant le ventre, pliée en deux.

— Il y avait tout ça cette nuit ? questionne Jessica qui n'en revient pas.

— Oui, oui !

— Et bien moi, je n'ai rien entendu !

— On voit bien, c'est ça qui est marrant !

Le petit déjeuner se termine dans l'hilarité générale, excepté pour Jessica qui subit encore une fois les méfaits de sa perte d'audition, même si elle sait pertinemment qu'il n'y a aucune moquerie dans ce déchaînement de fous rires. Mais quand même : elle se sent un tout petit peu idiote...

Surprendre l'autre est certainement une des clés de la longévité d'un couple. Créer la surprise et le bonheur du partenaire est un art que Jessica et son époux manient avec enthousiasme et délectation.

Les rêves de Jessica sont nombreux, souvent liés à la nature et l'aventure. Elle aimerait, par exemple, voir des aurores boréales, des icebergs, le désert de sable ou encore visiter les États-Unis, sillonner les Rocheuses à pied ou effectuer la traversée des Alpes complète en randonnée. Cependant, les volcans font partie des phénomènes naturels qui l'impressionnent le plus.

— On part vendredi à treize heures, tiens-toi prête, la prévient son mari, l'œil pétillant et le sourire en coin d'un enfant qui prépare quelque chose en douce.

— Il faut quand même que tu me dises ce que je dois emmener, répond Jessica qui essaie d'en savoir un peu plus.

— Tu prends tes affaires de rando et un rechange, ça suffira. Ah, et puis un maillot de bain, ajoute son mari sur un ton mystérieux, entretenant le suspens.

— On va à un endroit où on peut se baigner un onze novembre ? continue Jessica qui tente de le faire craquer.

— Oui, tu verras.

Tenant bon, son bien-aimé jubile à l'avance en imaginant la tête de sa douce, et surtout son bonheur, quand elle découvrira leur destination.

À l'aéroport, le nom de Catane, inscrit sur le panneau d'affichage des départs, n'éclaire guère davantage sa femme. Confiante, elle embarque, quand soudain, une lumière éclaire son cerveau :

— On va voir un volcan ?

— Je ne sais pas …

— Si, c'est ça, j'en suis sûre, on va voir un volcan. Mais où ?

— Tu verras bien…

— Ce n'est pas trop loin pour pouvoir y aller sur le temps d'un week-end, c'est dans le sud puisqu'on pourra peut-être se baigner… L'Italie ? Le Stromboli ? L'Etna ?

La perspicacité de Jessica l'a conduite dans la bonne direction. Du coup, son mari reste muet pour ne pas vendre la mèche complètement et laisser planer encore un doute.

Catane, au pied du point culminant de la Sicile : un rêve se réalise pour Jessica. Équipés de grosses chaussures de haute montagne, les voilà partis dès le lendemain pour l'ascension de l'Etna. Pas question de monter dans le télésiège qui les amène déjà à mi-chemin : c'est d'en bas qu'ils veulent gravir cette montagne noire pour profiter au maximum du spectacle et en découvrir tous les aspects.

L'environnement est fantasmagorique ! Avancer sur des roches sombres, sentir la chaleur grandir au fur et à mesure que le couple prend de l'altitude, marcher dans ce décor lunaire est presque irréel. Ils parcourent les sentiers contournant les différents cratères, montant au sommet de ceux qui ne sont pas trop dangereux, admirant les fumerolles brûlantes qui s'échappent de certains, sentant le soufre qui sort des roches abrasives et chaudes, sans pouvoir le respirer de trop près tant il attaque les sinus de son odeur piquante.

Ils décident enfin de grimper sur la crête d'un gros cratère voisin de l'Etna, mais le vent est terrible et des bourrasques font tituber Jessica. Son mari poursuit son chemin, la laissant à l'abri d'un gros bloc de lave, pour atteindre les rochers jaunis par le soufre qui les recouvre, au bout de l'arête, balayée par les rafales tempétueuses. Soudain, il se retourne et brasse l'air vigoureusement de ses bras au-dessus de sa tête. Arborant un large sourire, emmitouflée dans sa veste coupe-vent, Jessica lui répond, au loin, par un signe de la main. Cependant, son mari s'obstine à faire de drôles de gestes, pointant son index vers le ciel.

« Mais qu'est-ce qu'il veut ? On s'est fait coucou, c'est bon ! Pourquoi est-ce qu'il continue à s'agiter comme ça ? »

Comme celui-ci gesticule toujours, Jessica commence à se questionner : que veut-il me faire comprendre ? Se passe-t-il quelque chose ?

Un éclair vient alors lui traverser l'esprit : elle

se retourne pour suivre des yeux la direction indiquée par sa tendre moitié et... oh ! Le volcan a lâché un gros *prout*. Au-dessus du sommet de l'Etna, un impressionnant champignon de fumée noire s'élève et s'étale dans l'air, retombant lentement en poussière opaque. Quel spectacle ! Dommage que Jessica n'ait pas vu l'explosion faute de l'avoir entendue... Figée devant une telle merveille, consciente de sa chance, Jessica goûte l'instant, étreinte par une intense émotion, les larmes aux yeux.

Voilà comment on peut passer à côté d'un cadeau de la nature, d'une beauté violente, incroyable !

Heureusement, Jessica, ton homme est toujours là quand il faut remplacer tes oreilles !

Les blessures

Être malentendante dès l'âge d'un mois laisse forcément des cicatrices, des blessures plus ou moins profondes, voire des traumatismes. Jessica n'y a pas échappé et son cœur a souvent été meurtri par des réflexions, des attitudes ou des moqueries dont les responsables ne mesuraient sans doute pas la portée. Ne mesuraient, car aujourd'hui, elle a suffisamment de confiance et d'estime d'elle-même pour reprendre quiconque persifle à son oreille.

Jessica a effectué plusieurs hospitalisations pour ses deux opérations (les doubles mastoïdites). Cependant, une affection est venue l'atteindre à cette même période (sans doute à cause d'une constitution fragilisée) : la coqueluche. Cette maladie est très contagieuse et Jessica risquait de transmettre la bactérie en question aux autres enfants du service où elle séjournait. Elle a donc été transférée chez les "contagieux", comme on disait sans ménagement à l'époque, et isolée quarante jours. Tout ce temps, seule dans son lit, n'entendant rien, ne pouvant contrôler les bruits environnants, l'a rendue inquiète.

Comment ne pas être sur le qui-vive quand le bébé qu'elle était alors ne savait pas ce qui allait lui arriver, ne pouvait se déplacer, ne pouvait se défendre et surtout ne pouvait entendre, même les pas de quelqu'un qui s'approchait ? Sans cesse éveillée, Jessica surveillait de ses yeux, à défaut de pouvoir se servir de son petit corps. Sa voix pouvait l'aider à exprimer sa détresse. Alors elle pleurait, criait, hurlait pour appeler au secours. Sa famille n'avait pas le droit de s'approcher d'elle : c'est donc du bout d'un couloir que ses parents tentaient de l'apercevoir. Son seul contact humain résidait en la personne de l'infirmière qui s'occupait d'elle pour les soins vitaux : boire, manger, changer les pansements. À sa sortie de ce cauchemar, Jessica a refusé d'aller dans les bras de sa mère, ne reconnaissant que cette infirmière qui lui prodiguait un peu de bien-être. Cette portion de vie, seule, perdue au milieu d'un lit trop grand pour elle, sans véritable chaleur humaine, est restée gravée en elle et l'a marquée au fer rouge.

Jamais elle n'a dormi normalement. Jamais

elle n'a été tranquille le soir ni rassurée au fond de son lit, bien au chaud sous la couette. Non. Pour elle, la solitude du lit est terrible. Combien de fois s'est-elle répété dans sa tête d'enfant, sans comprendre d'où venait cette crainte si particulière : ce sera bien quand je serai mariée parce que je ne serai plus seule dans mon lit !

Jessica porte toujours en elle les dégâts causés par cette expérience des premiers mois de vie et les subit encore, malgré ses efforts pour les évacuer de son psychisme. Maintenant qu'elle a un mari, elle se sent protégée dans son grand lit, et le bébé en elle est apaisé. Encore faut-il que son homme soit à ses côtés ! Si elle n'est pas une couche-tôt, elle n'est pas pour autant une couche-tard comme lui. Lorsqu'elle est fatiguée le soir, elle tente de se détendre, bien calée sur son oreiller et lit avant d'éteindre la lumière. Quand ses yeux se ferment irrépressiblement et qu'elle doit revenir plusieurs fois sur les phrases qu'elle vient juste de parcourir, elle sent que le train passe et que c'est le bon moment pour s'endormir.

Elle se blottit sous sa couette, essaie de faire le vide dans sa tête, de détendre chacun de ses muscles... en vain. Bien sûr, elle a appliqué les bons conseils que tout le monde s'est empressé de lui donner, chacun étant persuadé de détenir la formule magique, vantant à tour de rôle la méthode miracle, infaillible, qui ne pouvait que fonctionner... rien ! La relaxation des muscles de bas en haut censée l'endormir avant même d'avoir atteint le nombril, les images de matelas pneumatique montant et descendant sur les vagues pour la bercer, le traditionnel comptage de moutons ou encore la concentration sur les allers-retours de sa respiration, de l'abdomen se gonflant et se dégonflant : le flop complet ! Rien ne marche, pas même les somnifères et encore moins les plantes prodigieuses vantées par ses copines, sûres de leur coup. Rien, *nothing, niente, nada !* Son mental est le plus fort !

Un jour, crevée de ne jamais faire une nuit complète et ininterrompue, Jessica, en désespoir de cause, s'est enfilé deux somnifères : elle a fini la nuit les yeux grands ouverts avec un mal de ventre carabiné le lendemain ! Aucune solution ne s'offre à elle hormis la présence apaisante de son petit mari chéri à ses côtés...

Une autre blessure...
— J'ai pas compris...
— T'as pas compris la blague ? Pourtant, elle est évidente !

— Ben non, j'ai pas compris ce que vous avez dit à la fin.

— Ah, mais t'es sourde comme un pot ! T'as pas mis ton sonotone ?

Voilà le genre de phrases blessantes adressées à Jessica sans ménagement. Quand elle est entourée de personnes démunies d'empathie, elle doit supporter ces mots acerbes. C'est comme une gifle à travers la figure ! Soit elle passe pour une gourde qui ne saisit pas les vannes, soit pour une gamine qui n'a pas l'esprit tordu et mal vissé, soit pour une bécasse qui prend tout au premier degré ou alors une « sourde comme un pot » qui n'entend rien et ne comprend rien (c'est bien le cas ici). Car l'amalgame est facile : elle n'entend pas donc elle ne décode pas (sous-entendu, elle est bête comme ses pieds puisqu'elle ne pige pas les subtilités de l'histoire drôle). Non ! Elle ne peut comprendre sans entendre : élémentaire mon cher Watson !

Dans ces moments-là, la colère monte au nez de Jessica.

Oui, je n'ai pas tout compris. Non, je ne suis pas une idiote. Oui, je suis sourde comme un pot. Non, ce ne sont pas des sonotones mais des appareils auditifs (bande d'ignares !) : et alors ? Cela fait-il de moi quelqu'un de moins bien que les autres ? Est-ce qu'il faudrait sans cesse que je fasse semblant ?

Semblant d'avoir entendu, semblant d'avoir compris, semblant de rigoler alors que je ne sais même pas de quoi il s'agit ?

Est-ce que je devrais jouer la comédie à tout bout de champ et dire oui à ce qui m'est adressé alors qu'on attend un non en face, au risque d'être complètement à côté de la plaque et d'être encore plus ridicule ? Aujourd'hui, elle réplique, se défend ou, encore mieux, abonde dans le sens de ses détracteurs.

— Oui, je suis sourde comme un pot ! Vous ne le saviez pas ? Vous n'aviez pas remarqué depuis le temps qu'on se connaît ? Ben dites donc, vous n'êtes pas finaudes les filles, parce que, quand même, ça se voit ! Et vlan ! Dans les dents !

Parfois, Jessica suscite la curiosité : c'est quoi ce qu'elle a derrière ses oreilles, ça fonctionne comment ?

— Oh, comme c'est petit ! C'est fou comme ils (on ne sait pas vraiment qui) ont fait des progrès !

C'est sûr que depuis le fameux sonotone, la science a avancé...

— Ah bon, ça vaut si cher que ça ! Mais c'est remboursé au moins ?

Etc, etc. Elle est l'objet d'un peu toujours les mêmes remarques, on lui pose souvent les mêmes questions... normal au fond. Mais qui s'intéresse vraiment à elle ? Pour un peu, elle serait jalouse de ses appareils ! Ce sont eux les vedettes ! Finalement, elle ne fait que les porter : rien d'extraordinaire. Pourtant, qui lui demande ce qu'elle perçoit ou non, ce qui la dérange pour entendre correctement, si elle récupère une audition à cent pour cent ou non, si certains sons lui sont plus perceptibles que d'autres ? Qui essaie de se mettre à sa place et affiche une vraie volonté de l'aider dans sa quête de compréhensibilité ?

Au moins, son homme est gratifié d'un titre supplémentaire : il est le mari d'une femme aux oreilles à quatre mille euros ! À défaut d'être « l'homme qui valait trois milliards », il a « la femme qui vaut quatre mille balles ! ».

La plus grosse des blessures est certainement celle que Jessica vit au quotidien. Avoir la sensation, chaque jour, que les gens autour de vous oublient votre différence.

C'est une souffrance. Et pas seulement une souffrance ponctuelle, de celle que vous recevez, qui vous poignarde mais que vous finissez par encaisser. Non. Une souffrance qui se répète, qui pénètre votre corps, qui s'incruste au plus profond de vous. Une souffrance qui devient presque banale tant elle est récurrente. Une souffrance qui est présente dans votre vie comme quelque chose de normal et qui finit par devenir une partie de votre être.

Souvent, Jessica a l'impression de ne pas exister et elle en a marre qu'on ne fasse pas attention à son problème d'audition. Il se rappelle à elle, à longueur de journée, il est indissociable d'elle. On doit donc l'accepter comme elle est : elle et ses oreilles qui ne sont pas comme les autres.

Mais de grâce, prenez juste le temps, vous qui lisez ces lignes, d'imaginer, de ressentir et de comprendre ce qu'est une vie avec ce poids à porter, ce qu'est cette frustration de savoir qu'on ne récupérera jamais une audition normale, malgré les appareillages merveilleux qui existent aujourd'hui.

Merci de nous aider, nous, les malentendants. Comment ? En répétant vos mots quand on vous le demande, même si, pour vous, ce rabâchage semble fastidieux, en étant attentifs à toujours tourner votre bouche face à nos yeux afin qu'on puisse lire sur vos lèvres, en dirigeant le son vers notre visage. Nos yeux sont nos oreilles, ne l'oubliez pas ! Posez-vous la question, lorsqu'un invité reste à l'écart au cours d'une fête où il y a beaucoup de monde : n'aurait-il pas des problèmes d'audition l'empêchant d'entendre et de parler avec les autres ? Allez donc près de lui pour vous renseigner...

Quand vous abordez une discussion au sein d'un petit groupe, pensez que pour la personne malentendante, vous suivre, alors que vous vous coupez, interpellez et que vous répondez à la vitesse de l'éclair, est digne d'un sport de haut niveau ! Parfois, Jessica décroche et se met en retrait : tant pis, elle abandonne et ne participera pas à la conversation.

Cependant, certains échanges intéressent particulièrement la personne malentendante et lui tiennent à cœur. Elle veut donner son avis, intervenir et participer : donnez-lui cette chance en parlant chacun votre tour, dans sa direction et en l'écoutant autant que les autres ! Et si par hasard elle répond à côté de la plaque, ne vous fichez pas d'elle : essayez d'imaginer qu'elle a mal entendu vos propos et qu'ils ont été déformés en passant par ses oreilles. Elle n'est pas bête : elle réplique en fonction de sa compréhension du langage, parfois avec un temps de retard, parfois sans rapport avec le sujet de la conversation. Cela ne fait pas d'elle une personne stupide ! Sachez que dans ces circonstances-là, elle se sent déjà suffisamment humiliée pour ne pas lui faire subir, par-dessus le marché, vos rires moqueurs...

Certains malentendants osent s'affirmer, comme c'est le cas pour Jessica maintenant. Ils réclament la parole et la compréhension de chaque phrase, quitte à rappeler à l'assemblée leur faiblesse. « Vous pouvez répéter, je n'ai pas entendu » ou bien « je n'ai rien compris, vous savez que je n'entends pas bien. Qu'est-ce que vous disiez ? ». C'est là que vous pouvez les aider : ne surtout pas rétorquer : « Oh, tu sais, tu n'as rien loupé » ou encore « c'est pas grave, on ne disait rien d'intéressant ». Et si ça l'intéresse, elle, la personne sourde ? Qui d'autre peut en juger ? Arrêtez de penser à sa place ! Au lieu de ça, tendez une main à celles et ceux qui craignent de vous interrompre pour vous conjurer de revenir sur vos dires. Il suffit simplement d'une petite phrase pour illuminer ce moment passé avec un malentendant : « As-tu bien compris ce que nous venons de raconter ? ». Juste le prendre en considération, lui montrer qu'il est important pour vous : c'est tout.

Ce que l'on vous demande, au fond, c'est de penser à nous, de nous prouver que nous ne sommes pas transparents. Votre aide peut contribuer à réduire notre différence et à nous donner l'opportunité de vivre presque comme vous… Ayez de l'empathie, soyez bienveillants, compréhensifs et tolérants envers ceux qui peuvent être si facilement coupés du monde. Aidez-nous à garder le lien avec les autres, à communiquer avec vous, surtout quand nous n'arrivons pas à nous imposer parce que nous ne voulons pas vous déranger. Nous avons peur parfois d'être rejetés et nous nous isolons volontairement. Pourtant, nous avons tellement envie d'aller vers vous !

Une attention, un regard, une écoute nous permettent d'exister parmi vous…

Les avantages et le positif

Heureusement, une situation, quelle qu'elle soit, possède généralement un côté positif même si parfois, sur le moment, le verre à moitié plein ne saute pas aux yeux. Le travail de chacun est bien d'analyser ce qui survient dans sa vie et d'examiner vers quoi nous poussent ces différentes étapes. Car le hasard n'existe pas : tout concourt à nous faire avancer vers du mieux, à poursuivre la mission pour laquelle nous sommes venus sur terre, celle qui nous épanouit et nous rend heureux...

Quel avantage à être sourd ou malentendant me direz-vous ? Au premier abord : aucun. Cependant, avec du recul, on en trouve et pas qu'un seul.

D'un point de vue technique, porter des appareils auditifs peut être drôlement pratique...

— Salut Jessica, pas mal cette fête, hein ? Qu'en dis-tu ?

— Oui, pas mal, mais tu sais, ce n'est pas trop ma tasse de thé car je ne peux discuter avec personne, alors c'est un peu long pour moi.

— Ah oui, c'est vrai, c'est pas marrant pour toi.

— Et oui...

— Hum, j'ai plus de voix ! Tu la trouves pas trop forte cette musique ? On n'arrive pas à s'entendre... Euh, enfin, moi, je n'arrive pas à entendre les autres parce que toi, de toute façon... Euh...

— Non mais ne t'inquiète pas, je sais. Pour moi, c'est pas un problème, quand j'en ai marre, je coupe tout !

— Ah oui, tu as de la chance !

«Génial ! Oui, enfin, façon de parler. Je ne sais pas si on peut appeler ça de la chance, n'exagérons rien ! C'est vrai que je peux couper le son et baisser le volume de moitié quand bon me semble, mais est-ce une chance ?»

Il n'empêche, Jessica peut couper ses appareils quand elle le veut et baisser considérablement le volume sonore environnant (quand elle croise un marteau-piqueur dans la rue, qu'elle est assourdie par le bruit d'un avion ou que la musique d'un concert est à la limite de lui détruire les tympans), ce que ne pourront jamais faire les entendants qui ne peuvent diminuer l'intensité de leur ouïe : un à zéro !

Parfois, la pollution sonore insuporte son

mari : moteurs de motos ou de voitures qui montent jusqu'au sommet d'une montagne, hélicoptères ou avions. Il est vrai qu'en pleine sieste au soleil, sur l'herbe douce d'un vallon où l'on se croit à l'abri de toute agression, être « électrocuté » par un bruit parasite, au beau milieu du silence, a le don de le faire sortir de ses gonds ! Le luxe aujourd'hui est bien là : l'espace et le silence. Des denrées qui se font de plus en plus rares, hélas. Alors quand on les déniche, qu'on nous fiche la paix ! Laissez-nous notre tranquillité et notre air pur (plus si pur que ça) ! Un des avantages de Jessica, c'est de ne pas toujours entendre ces perturbateurs de calme. Son silence à elle est parfois confortable par rapport aux entendants qui n'ont pas d'autre option que de recevoir les décibels extérieurs en pleins tympans.

Dans le même ordre d'idée, Jessica possède plusieurs réglages sur ses appareils. « J'ai quatre positions d'oreilles », s'amuse-t-elle souvent à expliquer à ceux qui s'intéressent à ses accessoires étranges et qui restent médusés devant autant de possibilités offertes (Ah, les merveilles de la technologie...). Comment ces bouts de plastique, si petits, peuvent-ils redonner de l'audition ?

« Position un, j'entends tout de façon correcte. Position deux, la voix qui me parle est plus forte mais les bruits autour restent au même niveau qu'en position un. Si je veux augmenter tous les sons, je mets la position trois. La quatre, c'est mon réglage perso : je l'utilise quand je chante. Ma voix de soprano est aiguë et provoque du larsen avec les trois autres positions, alors celle-là corrige cet effet désagréable de sifflement à mes oreilles ». Jessica peut donc moduler sa perception auditive comme elle le désire, ce qui est impossible pour de vraies oreilles (à moins d'utiliser des boules Quiès ou autres bouchons d'oreilles).

Elle découvrira par la suite les miracles de la technologie nouvelle avec l'arrivée du Bluetooth : avoir le son directement dans ses oreilles, via ses appareils, lorsque le téléphone sonne, est proprement prodigieux ! Terminé la sonnerie qui n'en finit pas de s'époumoner pour rien au fond du sac à main ! La télévision est transmise à la personne équipée de ce type de prothèses, en Bluetooth également, grâce à un boîtier : elle peut ainsi régler le volume qu'elle reçoit, indépendamment de celui du poste dont le son peut même carrément être éteint ! Les voisins ne sont plus obligés de supporter les émissions qui hurlent lorsque la fenêtre est ouverte, et mari et enfants ne deviendront pas sourds, par la même occasion, tant ils sont confrontés à cette agression sonore quotidienne ! En outre, le malentendant a la possibilité de se balader dans l'appartement tout en suivant son émission préférée qui continue à lui être diffusée : génial, non ? Ça, vous ne pouvez pas le faire, vous autres, les entendants !

Nouvelle avancée formidable : une application sur l'IPhone permet d'augmenter ou diminuer à sa guise l'intensité du son des prothèses sur une échelle de zéro à dix, mais aussi celui de la télévision ainsi que la balance (fréquences aiguës ou graves), évitant le larsen. De plus, le détenteur de ces merveilles décide où orienter ses micros : tous devant, à droite, à gauche ou encore derrière, bien pratique pour suivre des conversations en voiture. Une option "masque" lui est même offerte pour que les voix lui paraissent moins étouffées !

Merci, mesdames et messieurs les chercheurs, scientifiques et techniciens, pour votre génie et votre aide ! Grâce à vous, des millions de personnes ne vivent plus dans le monde du silence et ne sont plus coupées des autres ! Vivement que la Jessica bionique arrive !

Bien pratique, parfois, de feindre de ne pas avoir entendu quand on n'a rien compris ! Comme son entourage connaît son problème auditif, Jessica en profite quelques fois… mais c'est de bonne guerre !

« Je peux bien tirer profit de cette différence, après tout, elle me doit bien ça comparée à tous les désagréments qu'elle m'occasionne au quotidien ! »

Quand elle est larguée dans une conversation, qu'elle a l'impression de ne pas posséder les connaissances auxquelles l'interlocuteur fait référence (et dont elle devrait disposer selon elle), qu'elle ne se sent pas à la hauteur du sujet, sa malentendance la sauve : « Ah, pardon, je n'ai pas entendu, désolée… »

Même subterfuge lorsqu'elle n'a pas envie de bavarder avec quelqu'un qu'elle n'apprécie pas beaucoup ou qu'elle a tout bonnement besoin de tranquillité : elle fait mine de ne pas avoir capté l'interpellation qui lui est adressée, se tourne et imite celle qui est absorbée par une lecture ou qui est occupée à choisir un petit four sur un buffet.

« Et hop ! Le tour est joué ! Ils penseront que je n'ai pas entendu ! »

Cependant, le côté le plus positif de toute déficience est la détermination et l'énergie que chacun a la possibilité d'en tirer : la faiblesse du départ devient une force ! Beaucoup de personnalités sont devenues célèbres en se découvrant un don et en l'exploitant. Certaines ont pris conscience de ce trésor enfoui en elles grâce à des circonstances souvent dramatiques de prime abord.

Louis Armstrong aurait-il joué de la musique s'il n'était pas allé en prison et s'il n'avait pas partagé sa cellule avec un compagnon d'infortune trompettiste ?

Édith Piaf aurait-elle chanté dans la rue et sa voix aurait-elle été repérée si elle n'avait pas eu l'impérieux besoin de trouver un moyen de gagner de l'argent pour survivre ?

D'autres humains, aux capacités exceptionnelles, se sont révélés grâce à un handicap corporel ou cérébral.

Frida Kahlo a fait de sa peinture un moyen de survie. Son corps, transpercé par une barre métallique lors d'un accident, n'était que souffrance. Cependant, elle a puisé au fond d'elle une force de caractère qui suscite le respect et l'admiration. Ses tableaux la racontent sans jamais s'apitoyer. Ils révèlent toute son énergie d'être au monde malgré tout.

« Je vis sur une planète de douleur, transparente comme la glace, mais c'est comme si j'avais tout appris d'un seul coup. » Rien n'arrive par hasard…

Albert Einstein aurait-il été le grand scientifique que nous connaissons aujourd'hui s'il n'avait pas été tout d'abord un enfant inadapté au système scolaire classique, développant des troubles du langage et de la mémoire (il serait détecté dyslexique aujourd'hui) ? Ces obstacles et son étiquette de cancre, collée à sa peau, vont pousser ses parents à l'inscrire dans une école incitant les élèves à apprendre par eux-mêmes. Le jeune Einstein peut alors donner libre cours à ses talents de physicien, mettant en lumière la théorie fondamentale de la relativité.

Blaise Pascal, mathématicien et inventeur de la machine à calculer, devint un prodige par sa volonté de se dépasser et de surmonter ses diverses maladies physiques (problèmes digestifs, locomoteurs et neurosensoriels) ainsi que ses troubles de l'humeur : « J'ai mes brouillards et mon beau temps au-dedans de moi. »

Il est possible de citer bien d'autres personnages dont la difficulté de vivre s'est illustrée avec génie à travers les arts. Ray Charles par exemple. Sa cécité ne l'a pas empêché de devenir musicien (il jouait de la clarinette, du saxophone et du piano). Être aveugle a alimenté sa volonté de lutter contre les injustices, quelles qu'elles soient : sa mission n'était-elle pas de chanter tout en luttant contre la ségrégation noire ? Robert Schumann, lui, livre à son piano ses angoisses, ses tendances dépressives et son tempérament neurasthénique. Le peintre Van Gogh, sous l'emprise de ses crises de démence, s'est exprimé à travers des œuvres telles que « La nuit étoilée », véritable reflet de ses pensées tourmentées.

Quoi qu'il lui en coûte, l'être humain a besoin de montrer ses capacités (physiques, intellectuelles, mentales) pour exister dans le regard des autres. Certains en ont davantage le courage et la volonté. Ils deviennent ainsi des êtres résilients, transformant le négatif apparent de leurs conditions de vie en positif. Ils ne se résignent pas et s'avèrent plus forts que leur handicap.

Être différent oblige celui qui en souffre à déployer des trésors d'ingéniosité, de créativité et de courage pour s'adapter, malgré tout, au monde dans lequel il vit. Ainsi, connaître des difficultés existentielles va transformer sa personnalité. Petit à petit, certains deviennent plus ouverts aux autres, plus compréhensifs aussi. On peut davantage s'imaginer les obstacles qui se dressent sur la route de quelqu'un quand on les a nous-même vécus auparavant.

Jessica a cette faculté. Elle peut aisément se mettre à la place d'une personne sourde ou même porteuse d'une autre déficience car elle est capable d'empathie. Ressentir ce que ressent l'autre, compatir avec lui, le comprendre, c'est être plus apte à l'aider. Son audition défaillante lui a également façonné le caractère : volontaire et tenace, elle n'a jamais baissé les bras devant l'adversité. Elle n'entend pas bien ? Elle sera prof de musique. Enfant, elle a une petite santé ? Elle sera résistante, performante en sport et sera centenaire (c'est décidé !). Elle ne capte pas tout ce qui est dit en classe ou, plus tard, dans le domaine professionnel ? Elle développera une capacité de concentration supérieure à la moyenne. Le bruit la fatigue et, en plus, l'empêche de communiquer ? Elle usera de stratégies, telle que sa bulle imaginaire, pour supporter les circonstances dont elle ne peut pas toujours s'échapper. Elle deviendra hyper adaptable, ce qui lui permettra de supporter les conditions parfois difficiles de certains voyages ou de toujours trouver une solution pour vivre au mieux les situations contraignantes (c'est un sacré avantage sur d'autres personnes). La difficulté renforce le caractère !

Jessica a changé de trajectoire au cours de sa carrière professionnelle lorsqu'une évidence s'est imposée à elle : pourquoi ne pas venir en aide aux autres malentendants, leur faire profiter de son expérience et de son savoir-faire pédagogique ? Elle va donc bifurquer et accompagner de jeunes sourds et malentendants dans leur parcours scolaire. Elle sera à leurs côtés pour pallier, du mieux possible, leur manque de vocabulaire, eux qui n'ont pas pu, pour certains, grandir dans un environnement sonore dès leur prime enfance. S'ils ne s'expriment pas, ce n'est pas parce qu'ils sont muets, leur voix fonctionne très bien ! Mais comment mémoriser des mots si on ne peut les entendre et les imiter pour parler couramment par la suite ? Ces enfants les ont appris, parfois, comme on apprend une langue étrangère qui serait compensée par d'innombrables séances d'orthophonie. Il est alors compliqué pour eux de sentir les subtilités de cette langue, pas si maternelle que ça, et d'en maîtriser la syntaxe.

Entrer en lien avec les autres fait aussi partie des comportements humains qui ne leur sont pas évidents : les codes pour aborder leurs congénères ne sont souvent pas acquis, faute d'avoir pu les expérimenter plus jeunes. Comment intervenir dans un groupe et se faire accepter ? Que doit-on dire pour exprimer ses besoins, ses sentiments sans blesser l'autre ? Autant de problèmes à résoudre par l'expérimentation à un âge où leurs camarades les ont déjà dépassés. Cependant, la réussite survient à un moment donné et offre une belle fierté à ces jeunes en devenir.

Pour Jessica, quel bonheur de revoir, par la suite, Constance, Tom, Antoine, Élodie mais aussi Hugo, Thibaut, Marilou et de constater qu'ils sont devenus des hommes et des femmes heureux dans leur vie ! Les voir accomplis à travers leur travail, leurs loisirs et ayant une vie sociale est la plus belle récompense qu'elle peut recevoir.

Finalement, elle aussi n'a pas connu ces problèmes d'audition pour rien, à l'instar d'une Frida ou d'un Robert à son piano : tout ce chemin parcouru n'a-t-il pas juste servi à apporter son aide à ces jeunes filles et garçons ? A-t-elle encore une nouvelle route à suivre pour découvrir l'ultime but de son vécu ?

Une idée germe alors dans son esprit : comment expliquer à un large public ce que ressentent ces personnes amputées d'une partie (ou totalement) de leur audition ?

Il faut que les gens sachent ce que c'est que de vivre tous les jours avec cette gêne, qu'ils réalisent les efforts que font ces gens qui n'entendent pas tout à fait pareil, qu'ils les comprennent, eux et leur différence !

Alors, Jessica s'est mise en tête d'écrire. Écrire pour elle, pour s'épanouir (elle adore ça !), écrire pour faire passer du bon temps à ceux qui voudront bien la lire, mais aussi pour se sentir utile et témoigner au nom de tous les sourds et malentendants. Écrire pour faire comprendre ce qu'est leur quotidien. Écrire pour que ces gens un peu différents soient pris en considération et aidés par leur entourage. Écrire pour qu'un grand nombre de personnes prennent conscience de leur valeur, les voient comme des modèles de volonté et de courage, comme des humains inspirants. Écrire pour que tous sachent que ce quelque chose en moins est aussi ce qui leur confère un charme si particulier et suscite autour d'eux une immense admiration. Écrire pour faire comprendre combien on les aime comme ils sont.

Écrire pour faire avancer le schmilblick, quoi ! Écrire pour que les entendants les entendent!

Épilogue

Beaucoup d'hommes, de femmes et d'enfants connaissent le même genre de vie que Jessica et s'adaptent en permanence à leur quotidien sonore. Pourtant, bon nombre des désagréments qu'ils subissent sont aujourd'hui amoindris par les avancées de la technologie. L'arrivée du Bluetooth a révolutionné l'appareillage destiné aux personnes sourdes et malentendantes (prothèses auditives ou implants). Quelle merveille d'entendre la sonnerie du téléphone portable ou le son de la télévision directement dans les oreilles. Plus besoin de choisir l'alarme sonore téléphonique la plus percutante, celle de la trompette par exemple, ni de monter le volume à son maximum, au risque de faire sursauter tout l'entourage ! Exit les sous-titres sur l'écran de télévision, si indispensables auparavant. Que de circonstances au sein desquelles le malentendant sera moins isolé, grâce à la possibilité d'orientation des micros désormais dirigés vers la provenance du son !

Pour le reste, toutes les évolutions du monde ne remplaceront jamais de vraies, de bonnes oreilles, bien naturelles. La Jessica bionique nouvelle a beau être arrivée, elle ne comprend pas pour autant la totalité des mots et phrases qui lui sont adressés. Mais quand même, quel confort !

Alors, merci ! Merci à tous ces chercheurs et scientifiques qui planchent pendant des mois, des années, pour rendre l'existence de ces personnes déficientes auditives plus douce, agréable et vivable.

Merci à ceux qui sont convaincus que le bonheur de l'être humain est une priorité en ce monde.

Merci également à celles et ceux qui prennent le temps de comprendre les difficultés de ces autres et œuvrent pour que chaque jour qui passe soit meilleur que celui d'avant !

REMERCIEMENTS

Quelle belle aventure que l'écriture de ce roman-témoignage !

Il est le résultat d'une riche collaboration avec mon mari dont les remarques me font toujours avancer (et souvent rire !). Notre complicité a donné naissance à des ouvrages inspirés de notre propre vie. Merci à lui pour son soutien indéfectible et sa bienveillance !

Je dois un grand merci à mes deux correctrices, fidèles et efficaces. Merci à vous Sidonie et Valérie pour votre travail minutieux, vous qui continuez à me suivre au fil de mes romans !

Merci à Constance pour sa relecture, son avis personnel et ses encouragements réguliers. Elle a toujours été à mes côtés au cours de mes aventures livresques.

Je tiens à féliciter et à remercier tous les jeunes qui ont envoyé de magnifiques créations aux éditions Renaissens pour le concours de dessin : ils y ont mis tout leur cœur et leur talent ! Grâce à la gagnante, ce livre a la chance d'être valorisé par une couverture inédite, originale et artistique.

Je veux rendre un hommage particulier à ces jeunes sourds ou malentendants qui m'ont vu débarquer dans leur existence afin de leur apporter mon aide sur le chemin de leur scolarité mais aussi de leur vie, tout simplement. Quelles leçons de ténacité, de motivation et de courage nous donnent-ils ! Ils peuvent être fiers de leurs parcours et de leur réussite malgré leur difficulté à entendre.

Merci à vous, parents, qui avez soutenu vos enfants et m'avez accompagnée dans mon travail auprès d'eux.

Encore merci à tous ceux qui m'ont soutenue et aidée tout au long de la rédaction de ce livre et qui ont contribué à en faire ce qu'il est aujourd'hui.

Bravo à vous tous !

C'est grâce à Gérald Debaud et JAM Jakadi médias que j'ai eu le privilège d'enregistrer un podcast, témoignage de mon parcours de malentendante. Je l'en remercie sincèrement : ce fut une expérience enrichissante, faite de partage et de bienveillance au service de toutes les personnes porteuses d'un handicap.

Pour écouter (et lire) le podcast, rendez-vous sur le site : www.jakadimedias.fr

Un grand merci, enfin, à Chantal Lebrat pour ses conseils avisés, nos échanges et notre collaboration fructueuse ainsi qu'aux éditions Renaissens sans qui ce livre n'aurait pas vu le jour.

DU MÊME AUTEUR

Who dares wins (qui ose gagne)
roman historique – éditions Sydney Laurent
ISBN : 979-10-326-0487-8

Il faut que ça change !
roman - éditions Des mots dans une valise
ISBN : 978-2-491180-29-4

CHEZ LE MÊME ÉDITEUR

COLLECTION COMME TOUT UN CHACUN

La Paix toute une histoire, essai, Sophie-Victoire Trouiller

Nouvelles du Temps qui passe, recueil, Michel Pain-Edeline

Un petit cimetière de Campagne, roman, Jacques Priou

De mon Amazonie aux confins du Berry, recueil, Irène Danon

T'occupe pas de la marque du vélo, pédale, roman, Cécile Meslin

De l'autre côté des étoiles, conte, Hervé Dupont

Pourquoi ?, réflexion autobiographique, Fabien Lerch

Sans domicile fixe - contes animaliers, Maurice Bougerol

Jusqu'à l'épuisement des Lumières, récit biographique, Sandrine Lepetit

COLLECTION VOIR AUTREMENT

L'Insurgée aux yeux d'ombre, roman, Diane Beausoleil

Pas si bête, roman, Clélia Hardou

COLLECTION LES MOTS DU SILENCE

Deux Mondes, témoignage, Christelle Luongkhan

Signence - la langue des signes, album de photos, poèmes et textes, Eve Allem et Jennifer Lescouët

COUVERTURE

Illustration de Anaïs Caillé-Brenet, Lyon, France.
Anaïs, qui est passionnée par le dessin,
aura 13 ans le 31 octobre 2022.

Afin de sensibiliser les jeunes au handicap,
RENAISSENS confie l'illustration
de ses couvertures à des jeunes du monde entier.
Ce programme s'inscrit dans un projet
"jeunesse, interculturalité et francophonie". Il est soutenu,
notamment, par des alliances françaises à l'étranger.

Pour participer à la sélection des prochaines couvertures
rendez-vous sur la page du site Renaissens
http://www.renaissens-editions.fr/projet-jeunes/

ISBN : 978-2-491157-25-8
Dépôt légal : octobre 2022